GOBOOKS & SITAK GROUP©

U0000369

GOBOOKS
& SITAK
GROUP©

三日月書版

三日月書版

帝柳
illust. 深雪
惡役伯爵
調教日記
e Villain Earl's Discipline Diary
volume
3
輕世代
FW348
三日月書版

惡役伯爵
調教日記
The Villain Earl's Discipline Diary

CONTENTS

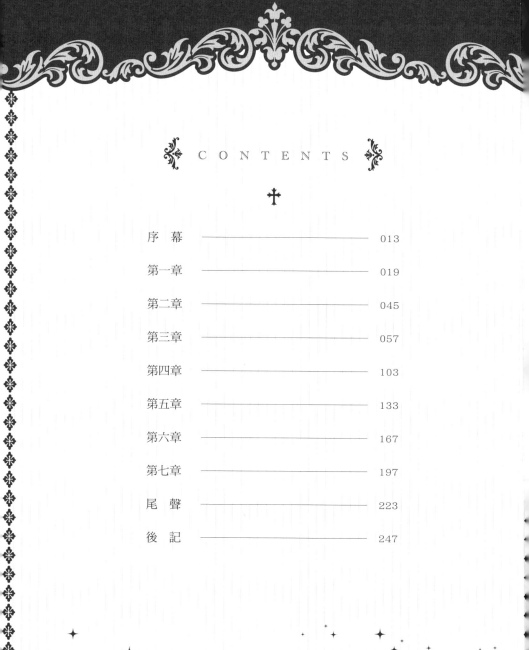

惡役伯爵調教日記

The Villain Earl's Discipline Diary

福斯特・法蒂娜

「那些傷害過我姐姐的人，
我一個都不會放過。」

曾經是個爛漫天真的少女，
但在姐姐遇害之後，一夜白髮，性格大變。
脾氣惡劣，凡事以自我為中心，
對於阻礙自己的人事物都極度厭惡。

惡役伯爵調教日記

The Villain Earl's Discipline Diary

黑格爾

「法蒂娜大人，只要是有關您的事情，屬下什麼都知道喔。」

病嬌的跟蹤型人格，凡是關於法蒂娜大人的事情都掌握得一清二楚。

非常依附著法蒂娜，倘若法蒂娜否定自己的作為就會陷入陰沉的情緒之中。

惡役伯爵調教日記

The Villain Earl's Discipline Diary

相馬時夜

「為了查出當年的真相
我們缺一不可。」

溫柔內斂的東方貴族，
與法芙娜有過婚約，目前從事警探工作。
視法蒂娜為妹妹，對法蒂娜如今的火爆
脾氣充滿包容。

惡役伯爵調教日記

The Villain Earl's Discipline Diary

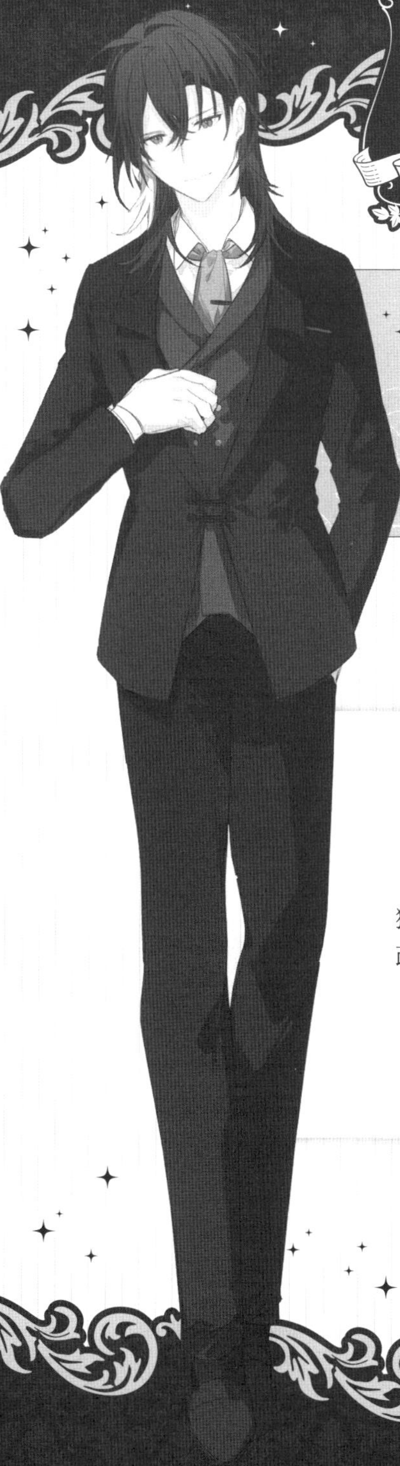

赫滅

「獅子心共和國，
將因我而偉大。」

獅子心共和國的宰相，深藏不露，難以捉摸。
政治手腕強悍，是蘭提斯大陸上公認最有權力的男人。

The Villain Earl's
Discipline Diary

序幕

偶爾，還是會夢到那個午後。

如果，沒有那個午後，她的姐姐會不會有更好的結局？

法蒂娜閉著雙眼，默默啜飲手中的一杯酒，只因午睡時的一個夢。

「法芙娜姐姐……」

她坐上窗臺，打開一點窗，讓外頭的風透了進來。涼風吹動層層疊疊的白色窗簾，空氣中飄散著一股淡淡的青草味。

那天午後，跟今日的天氣很像，都是一個風和日麗、適合出外踏青的好日子。

那一天，法蒂娜和姐姐法芙娜也是被這種天氣吸引，欣喜地決定要一同出遊。

恰好，那日有來自王室成員的下午茶邀約，母親詢問她們要不要一起去拜訪。

年少如她們姐妹，不，就算是成人，當天「那樣」的狀況根本不在任何人的預期之中。

法蒂娜記得，那時候她和法芙娜姐姐開開心心地牽著彼此的手，跟著家族成員一同到該王室成員的寓所。

乘車抵達了目的地，女孩不經意地抬頭仰望。不管之後過了多少年，她永遠都不會忘記那日午後的天空是那樣的湛藍。

如今回想起來，那種深淵般的湛藍令人手腳發冷。

她還記得，當時的自己驚嘆著眼前這座宛如宮廷的建築——以及最吸引兩姐妹目光的後花園。

建築物本身是那樣莊重又堂皇華美，不過那可不是當時年僅十幾歲的女孩會注意之事。趁著大人們忙著無聊的交際，她們興高采烈地來到後花園，在這座開滿各類花朵、姹紫嫣紅的小天堂恣意遊玩。

如果說那時候不開心，是騙人的。

只要沒有發生「那件事」，那段在後花園盡情玩耍的短暫時光，在法蒂娜和姐姐相伴的歲月中，會是最美好的記憶之一。

「吶，法蒂娜，妳看這花圈漂亮嗎？」

在地上蹲了好一陣子的法芙娜突然站起身，手上秀出一頂精心編製的美麗花圈。

「哇，好漂亮，這是姐姐編的？」

法蒂娜轉過身，眼睛發亮。

「嗯，喜歡嗎？送給妳。」

法芙娜微微一笑，替法蒂娜戴上手中的花圈。

「這麼漂亮，姐姐不自己留著戴嗎？」高興歸高興，法蒂娜忍不住這麼問了對方。

只見法芙娜笑著搖搖頭，對著妹妹說：「只要法蒂娜開心，姐姐就會開心喔。妳戴起來真的很好看。」

「姐姐……姐姐妳對我最好了！」

「呵呵，那當然，因為妳是我最寶貴的妹妹嘛。」

她的神情是如此溫柔，話卻說得如此堅定。

時至今日，那段令人反覆回味的對話跟情境……甚至是那頂花圈的樣貌，仍舊牢記在法蒂娜的心底。

倘若時間能永遠停留在那一刻，那該有多好……現在的她，依然時常這樣想。

然而，美好的時光不論再令人留戀，人生總是毫無預警地翻臉。

窸窸窣窣的聲音引起了兩姐妹的注意，法芙娜馬上就問自己的妹妹：「妳剛有聽到那個聲音嗎？」

「姐姐是說草叢裡發出的聲音？」

「對，妳也有聽到吧？好奇怪，會有其他人也在這裡玩嗎？」法芙娜抬起頭來觀察四周。

「應該沒有呀，這裡的僕人明明說今天後花園只有開放給我們兩人玩。」法蒂娜一臉納悶。

當時的小女孩什麼都還不懂，反而天真地猜測著：「會不會是什麼小動物發出的聲音？姐姐妳看，這座後花園有那麼多花花草草，又那麼大，有什麼小動物出來活動也不奇怪吧？」

「這麼說來，是滿有可能的啦……嗯，可能是我想太多了吧……」似乎是被妹妹說服了，法芙娜笑了笑，「應該是想太多了，我們繼續玩吧。」

那時候的回答是多麼的毫無防備——

如今想起來，法蒂娜只覺得當年的自己實在太過愚蠢、單純得可怕，更因此害慘了自己和姐姐……

也是從那一刻起，所有童年的純真浪漫、所有對於人性的正面觀感，都在無孔不入的惡意面前慘遭粉碎。

而後，姐姐遇難被殺害。自此，法蒂娜再也不相信人性。

絕大多數的人——

在這世上的絕大多數人——

都只是還未爆發的禽獸。

The Villain Earl's
Discipline Diary

第一章

「法蒂娜大人，您還要再喝嗎？都已經開第三瓶酒了……這樣對您的身體不太好。」黑格爾手捧酒瓶，一邊服侍著自家主人，一邊擔心地問道。

他看著自己最重要也最心愛的法蒂娜大人獨自喝著悶酒，已經看了足足一個多小時。同時他也明白，自己沒有權利過問、沒有立場干涉。

黑格爾其實知道原因，以他對法蒂娜大人的了解……他看向外頭的湛藍天空。他美麗高冷的法蒂娜大人，是在這一片藍天之下，回憶起當初了吧。

他曾聽法蒂娜大人提起那段往事，實在太過令人悲傷與憤怒的一段經歷。

那一日的天氣，似乎與此刻的窗外相差無幾，在如此湛藍透明的天幕之下，發生了難以抹滅的憾事。

那天，在那座王室成員的豪宅，潛伏著一名偷偷闖入的中年男子。他一開始躲在草叢之中，暗中觀察著法蒂娜兩姐妹。等確定後花園裡只有這對年幼的女孩後，對方就伸出魔掌，意圖綁架落單的獵物。

法蒂娜大人說，原先歹徒想將兩人都綁走，具體目的究竟為何，沒人敢多想。

然而，當時的法芙娜為了保護妹妹，主動並且強烈地懇求歹徒只帶她一人走。

不知是不是法芙娜的懇求有了成效，或是歹徒考慮到其他的因素，最後真的只挾持了法芙娜倉促而去。整座偌大的漂亮後花園中，蝴蝶紛飛，百花齊放，只剩年幼無助的法蒂娜一個人放聲大哭。

最後，雖然在福斯特家族與警方的協力之下，順利救出了身為人質的法芙娜，但已對姐妹兩人造成難以抹滅的傷痕。在那之後，法蒂娜面對姐姐時總是慚愧又自責，想求得救贖的心情潛伏在心底，直到後來發生了更悲傷的事……

法芙娜身亡後，法蒂娜對姐姐的虧欠感及負罪感便凶猛爆發，占據了她的全部人生。只要能夠替姐姐復仇，她甚至不惜付出一切。

「法蒂娜大人，我沒有立場規勸您……我只能做的，就是一邊心疼著您，一邊為您再倒上一杯酒……」黑格爾嘆息一聲，雖然無奈，卻無力阻止。

到頭來，他也只是法蒂娜的侍者，無論如何，都是身為主人的她說了算。

「夠了，這杯喝完，就收起來吧。」

法蒂娜轉頭看了黑格爾一眼，似乎稍稍從悲傷的回憶中抽了出來。

青年愣了愣，對眼前的主人微微一笑，臉上滿是溫柔。

「遵命，法蒂娜大人。您能這樣停下來是最好的了。」

「我也不能一直坐在這裡喝悶酒，那樣一點也不像我。」

法蒂娜拿起最後一杯酒，微微搖晃著杯身，看著前方若有所思。

她確實會陷入痛苦的回憶之中，但是，如今的自己若還是整天沉淪在悲傷的情緒裡，毫無作為，那就不是已經立誓且努力改變過的自己了。

坦白說，兩次鎖定「清單」上的目標都失敗後，法蒂娜的士氣多少有些動搖。

不過，說毫無意義也不盡然，至少她教訓了那些糟蹋無數女性的渣男惡少，解救了那些可能成為下一個法芙娜的女性，這樣也就足夠了。

天上的姐姐，一定也會認同她的所作所為，法蒂娜是如此深信著。也是因為相信，才能讓她繼續走到現在。

正當有點懷疑自己是不是都調查錯了方向，一度還對「清單」的正確性感到動搖時……事情的發展終於有了新曙光。

「亞倫王子特別喜好這型號的跑車，除了接連幾次酒駕紀錄都是這臺車外，最早被拍到這臺車時，是當初深夜載著前福斯特家族伯爵繼承者，已故的法芙娜同車出遊……」

法蒂娜拿起放在桌上的報導截圖，低聲唸出上面的文字。一旁的黑格爾注意到，她的另一隻手緊緊握成拳頭。

「這傢伙，我當初怎麼沒第一時間就想到他。為什麼我們當初搜集情資的時候，沒見到這張照片？」

法蒂娜的說法聽起來像是在責備，但黑格爾很清楚，自家主人責備的對象並非是他，而是自己。

「法蒂娜大人，這可能不能怪我們，我想這張照片應該是近期才被挖出來的。也許，在此之前這張照片一直被壓下，不讓其曝光。」他進一步補充，「不是常聽到這類的事件嗎？記者手中的情報常被吃下，或是怕得罪高層或者權貴，所以最後沒有報導出來。更何況這個亞綸王子不管從哪方面看，都完全符合權貴的條件，要是真動用過什麼手段也不意外。」

「就算如此，還是我們的疏失。不過你放心吧，我不是那種會自艾自怨的人。」

法蒂娜放下手中的截圖，轉身直面自家執事，「至少現在我們知道了這則情報，確實給了我很大的希望跟明確的方向。這次，就鎖定這個到目前為止最有嫌疑的傢伙吧！」

說完，法蒂娜再次握起拳，這次和不久前呈現出來的感覺截然不同，不再是壓抑的憤怒，而是充滿鬥志的姿態。

看到這樣的自家主人，黑格爾暗暗鬆了一口氣，綻放出溫柔的淺笑。

「我最美麗尊貴的法蒂娜大人就該如此，不愧是讓我願意每天花上二十四小時注視的人。」

「為什麼聽到你這句話一點也不覺得開心。」

「呵呵，法蒂娜大人若是開心的話當然更好。但就算您不開心，我也會一直一直這麼看著您，直到我雙眼失明或者直接斷了這口氣喔。」

黑格爾一手捧著自己的半邊臉頰，笑容越發燦爛，讓人打從心底發寒。

「滾！現在馬上就給我去搜集這個亞綸的情報，短時間內別再出現在我面前！」

再次被受到病嬌衝擊的法蒂娜皺起眉頭，不悅地指著對方的鼻頭強硬下令。

「哎呀呀，法蒂娜大人，您可要早點習慣屬下才行呢……還是說，您只是害羞而已呢……呵呵呵……」

「還不快滾去工作！」

「遵命，立刻執行，我美麗尊貴的法蒂娜大人。」

又被法蒂娜一聲咆哮怒吼後，黑格爾這才笑呵呵地轉身離開。

「我的心臟如果被驗出有問題，肯定都是被這傢伙害的……」法蒂娜一手撫著胸口憤憤低語。

但她似乎並沒有注意到，自己每每被黑格爾這麼戲弄時，臉頰的溫度都會不自主地微微升高一……點點。

「法蒂娜大人，關於您的吩咐，我已經將情報搜集得差不多了。」

當晚，在法蒂娜準備用餐前，黑格爾一如既往地身穿黑色燕尾服，以挺拔的身姿出現在主人面前。

「很好，不過還是比我預期的慢一點，下次最好給我注意一下效率。」

法蒂娜用刀子叉起一塊肉排，上頭還有些血淋淋的液體緩緩滴落，她倒是一點也不在意地直接往嘴裡送。

「是，下回屬下會注意。」黑格爾一手覆在胸前應諾。

「呈報吧。」法蒂娜勾了勾手，下令道。

「是，關於亞綸王子，雖身為目前蘭提斯大陸最強國——獅子心共和國的王儲，卻是一個評價極低的人物。」

黑格爾仔細報告他查獲的情報……亞綸王子出身顯赫，更是王位的第一順位繼承人。只是，亞綸王子的個人評價在國內相當差勁。

原因，其實透過此次的酒駕新聞就可得知。王儲普遍來說不是極好、就是極差，不巧，亞綸王子就屬極差的那一方。

喜酒色，酒駕上新聞已是慣犯，更喜歡開快車，收集了來自蘭提斯各國的頂級跑車。雖然才剛滿十八歲，案底卻遠遠超過大多數同輩的紀錄。

紙醉金迷，酒池肉林，喜歡追求最大化的刺激，已然是王室裡令人頭痛的人物。據說目前浮上檯面的報導，還只是冰山一角，絕大多數負面消息都被王室用盡各種手段壓了下去……

「感覺是個很好搞定的臭小子呢，但想想又有點火大……想到姐姐可能是死於那種蠢貨之手，更替姐姐感到不值了。」

雖然她之前也做過相關的調查，目前聽下來，黑格爾的情報也大多是她初步了解過的資訊，但還是越聽越火大。

「我說黑格爾，你就只有這點能耐？沒有其他有用的情報嗎？這點資料，和之前所知的又有什麼差別？」法蒂娜皺了皺眉頭，冷冷地瞪著黑格爾，「我要的，是可以最快接觸與攻略對方的重點。」

她此刻缺的，是可以近距離接近亞綸王子的機會。

和過去幾次的出國參訪不同，以往她可以用福斯特伯爵的身分，以外交名義去接近那些她列在「清單」上的嫌疑人。

然而，獅子心共和國一直沒有這類的外交活動，特別是像亞綸這樣的王室問題成員，遮醜聞都來不及了，怎麼可能讓他去接待外國使者。

儘管亞綸這傢伙聽上去是個好搞定的蠢蛋，但法蒂娜現在欠缺的是機會——必須想辦法先拿到這張近身接觸的入場券才行。

黑格爾一手托著下巴，「這個，屬下倒是有打聽到一個管道，只是不曉得這樣可不可行……」

「什麼管道？我可沒耐心聽你賣關子。」法蒂娜沒好氣地催促。

「呵，不如讓我換個方式跟您報告吧，法蒂娜大人？」突然，黑格爾換了一張表情，笑容滿面地這麼說道。

「什麼方式？你究竟在玩什麼把戲？」

「沒什麼，只是這樣一來，可以一舉兩得呀。」

他依然笑得燦爛，心情明顯十分好。

「你到底想做什麼……」

看著這副模樣的黑格爾，法蒂娜心中有種不妙的預感。

能幹的執事迅速拿出一套衣服，「請您換穿上這套吧，法蒂娜大人。」

「黑……格爾……」法蒂娜垂下頭，頭冒青筋，一手握起拳頭緩緩舉高，「你這是什麼意思？嗯？活得不耐煩？」

悅。

「誤會誤會，法蒂娜大人您真是誤會我了。」

面對自家主人充滿壓迫感的威脅，黑格爾依然笑容滿面，讓法蒂娜更為不悅。

「那你說啊……為何拿出ＯＬ套裝要我現在穿上！還有眼鏡！你是當我有這種閒功夫跟你情趣PLAY嗎！」

法蒂娜氣得直指黑格爾手上那一套摺疊整齊的衣服，一件白色襯衫，一件黑色短裙，以及另一手上的黑框眼鏡。

怎麼看都覺得對方絕對意圖不軌！

「哦呀？法蒂娜大人好厲害呀，我還沒說明，您就自己領會到了呢。呵呵，真不愧是我最美麗尊貴的法蒂娜大人。」

「黑格爾我現在就讓你後悔活著——」

「等、等一下！法蒂娜大人！是屬下錯了，請讓屬下好好說明來由、拜託您了！」

眼看差點就要領便當，黑格爾的態度馬上一百八十度大轉變，立刻求饒。

「哼，算你還有些求生欲。說，我就給你三十秒的解釋時間！」

法蒂娜收下本來要伸出的鐵拳制裁，雙手抱胸，皺緊眉頭滿臉威脅感地瞪著黑格爾。

「是這樣的，法蒂娜大人，我剛剛不是說打聽到了一個可以接近亞綸王子的管道嗎？我想，若讓您直接現在穿上這套衣服，並且當場練習一下，就是最有效率的做法了。」

「你有講跟沒講一樣，還剩十秒。不，剩五秒了……」

「是讓您假扮成家庭教師——潛入亞綸王子的官邸並且貼身教學！」以最快的說話速度，黑格爾雙手貼緊大腿挺腰站直，迅速說明完畢。

「哦？家庭教師？」

好在，這明顯勾起了法蒂娜的興趣，看到她眉頭一挑的反應後，黑格爾心中的緊張大石頭終於可以放下。

「說來聽聽，不計時了。」法蒂娜一手托著自己的左臉頰，身子慵懶放鬆，柔和地低聲說道。

「是，由於亞綸王子行為不端，王室一直都在尋覓適合教育他的家庭教師。只是這麼多年來，亞綸王子家庭教師的淘汰率……或者說是離職率比較準確，是非常高的。」

法蒂娜一手攤開，「我想也是，那傢伙看起來就是個紈褲子弟，要調教他恐怕不是一般人能做好的吧。」

「是的，因為如此，王室長期招聘合適的家庭教師人選，我想，這是您目前接近亞綸王子的最佳管道。」

這時，黑格爾的笑臉又回來了。

「所以屬下才希望您能穿上這套衣服，預習如何擔任亞綸王子的家庭教師呀。」

「要穿的話，到時再穿不就得了?你現在要我換穿的理由，不單純只是這個吧?」

法蒂娜的雙眼微微瞇起，一臉懷疑地盯著對方那張俊美的笑臉。

「真不愧是法蒂娜大人呢。」

黑格爾歪了一下頭，笑容更為燦爛了。

「你想要的，是我直接換穿上這套衣服，現場模擬吧？不過，所謂的『模擬』，我想不光只是『單純地模擬』……我說得對吧，居心叵測的黑格爾？」法蒂娜的目光銳利地射向黑格爾，壓低嗓音質問。

「請別把我說得如此難堪嘛，法蒂娜大人。屬下的出發點，也是為了您呀……」黑格爾走近法蒂娜，一手搭在對方的右側肩膀上，笑臉不變地湊到耳邊低聲呢喃：「亞綸王子應該很吃女色這一套，是時候讓法蒂娜大人您多練習一下了。」

「哼，我看是你想趁機享受吧。」

法蒂娜雙手抱胸，閉著雙眼，卻沒有打掉放在自己肩膀上的手。

「您怎麼說都好，當然要不要這麼做也是由您作主，屬下只是提供建議而已。」黑格爾收回手，臉上堆滿笑容地回應。

「也罷，上回和相馬辰己過招的次數不多，我確實需要重溫一下手感。」她話音一落，一把搶下黑格爾夾在腋下的那套衣服，「你就把脖子洗好等我吧。」

「哎呀，法蒂娜大人，這種時候不應該說這種殺氣騰騰的話吧？應該要說『到床上等我』之類的才對啊……」

黑格爾的這句話更像是自言自語，因為對方早就轉身離開了。

沒多久，前方的門扉再度出現一道身影，正是換好衣物而來的法蒂娜。

「喔喔……」

眼簾映入那道身影的當下，黑格爾忍不住發出讚嘆，雙眼一亮，目不轉睛地盯著前方。

「不過就是一套ＯＬ風格的衣服，別一臉色瞇瞇地看著我好嗎？」

法蒂娜來到黑格爾的面前，看到對方這副反應後，反倒有些莫名彆扭起來，皺起了眉頭。

「法蒂娜大人，這真的不能怪我呢……因為實在是……太適合您了。屬下摸著良心說，比我預期的還要美艷動人吶。」

黑格爾一手按在胸口，雖然說話的方式帶點浮誇，卻是真心誠意的。

因為，他當真這麼想，絕無半點虛假。

在黑格爾的眼中，此刻身穿合身白襯衫的法蒂娜，豐滿的雄偉雙峰幾乎快把鈕釦撐開，彷彿只要輕輕一彈釦子，就會徹底曝露底下春光。黑色窄裙更是完全貼合曲線，將法蒂娜的柳腰、豐臀，以及大腿的線條緊緊包裹、一覽無遺。

再往下看，一雙長腿套上隱約透膚的黑色絲襪，加上腳踩一雙紅色的高跟鞋……作為一個男人，看到這樣的性感尤物怎能不心動。

除此之外，法蒂娜大人的臉搭配眼鏡和整齊盤起的秀髮，又有一種別於平時的風情——充滿知性美的禁欲感。

這就是黑格爾想要說的話。

「你的意思是，平常我的模樣都不夠美艷動人嗎？」法蒂娜皺了皺眉，故意這麼問道。

他趕緊搖頭否認：「怎麼會，法蒂娜大人又誤會我的意思了，現在這模樣和平時相比產生了反差效果，看起來格外有種……不一樣的感覺？」

「哼，你只是想說現在這樣的裝扮，看起來有新鮮感吧？也罷，我根本用不著在意你的看法。現在，你是想要我進行『練習』吧？」法蒂娜話鋒一轉，直接提出重點。

「嗯，擇日不如撞日，就現在即刻開始。法蒂娜大人，您就把我當作亞綸王子，或者您要把我當成要『輔導』的學生……試著挑逗勾引我吧。」

黑格爾的嘴角上揚，眼神瞬間變得像頭豹子，充滿邪佞與對獵物的期待。

「真是大膽直接啊，但我不討厭，這樣不囉唆。何況我跟你之間，還有什麼需要多講的。」

法蒂娜也跟著嘴角上揚，隨後清了清喉嚨、推了推戴在俏麗臉龐上的黑框眼鏡，對著黑格爾說：「那麼準備上課吧，你這個壞學生。」

「哎呀，既然都知道我是壞學生了，老師可別以為我會多聽話喔？」

黑格爾回以一抹帶點挑釁的笑，同時起身走向附近的書桌。法蒂娜看著他拉開椅子，坐下，一手放在桌上支著臉，有模有樣地擺出一副不配合的模樣。

「老師，我現在不想上課呢，可是看在妳的面子上才過來的哦？老師，妳可要對我負起責任呢……」

「黑格爾同學，你說什麼呢？上課可是你的本分。不過，我也討厭乏味的上課方式。」

法蒂娜走到黑格爾身旁，彎下腰，一手越過他的一側肩膀，故意製造出若有似無地觸碰，呼吸帶來的微微灼熱氣息也掃過對方的臉頰。

「今天，就先來看這本書好了，黑格爾同學。」

法蒂娜隨意拿起桌上的一本書，在他的面前攤開平放，「要是有什麼不懂的地方，要馬上向我反應，明白嗎？」

她技巧地讓自己的絕美容貌近距離地映入對方眼簾，身上散發的香氣也同樣傳入對方鼻腔，嫻熟地挑起綺念。

「老師，我一定有很多不明白的地方，畢竟我可是第一次上課啊。」

黑格爾的目光火燙，絲毫不理會擺在桌上的書。

「放心，以後跟著我上幾次課後，你就會全部都懂了。」法蒂娜的嘴角一勾，「現在，翻開第一頁。」一邊說著，纖長的手指緩緩滑開了書頁。

或許是近距離地聞到法蒂娜身上若隱若現的誘人香味，亦或是那美艷的側臉如此貼近自己，不管黑格爾怎麼看，即便只是再普通不過的翻書動作，也讓人感到濃濃的誘惑氛圍。

「嗯？不好好看書，看著老師做什麼？」

注意到學生的視線集中在自己身上，法蒂娜抬起眼來看向對方，嘴角勾起一抹壞心的笑。

「這麼火辣的老師，叫我怎麼能好好專心看書呢？我不能專心，都是老師害的呀。」

黑格爾聳聳肩表示自己的無辜，一切罪過都推給了法蒂娜。

「是你的專注力不夠吧？居然還怪到我頭上，你這小子還真是調皮呢。」

「調皮不是學生身上常見的特質嗎？身為老師，應該要想辦法讓學生專心上課才對吧？」

「嗯，你這麼說倒也是有那麼一點道理，雖然這完全不是我的問題。不過，我現在想到一個好方法，可以讓你自願好好看書。」

黑格爾的眉頭挑了一下，反問：「哦？我倒是很好奇呢，老師究竟要用什麼方法讓我自願這麼做……明明連現在一個字都看不下去。」

黑格爾直接將方才那段話視為他家主人下的戰帖，興致勃勃地想挑戰看看。

「先把書收起來吧。」

但法蒂娜的第一個動作，就讓他十分意外。不是要他主動自願看書嗎？現在這樣是要怎麼看書？

心中的疑問雪球越滾越大時，法蒂娜進行了下一步。

「現在將椅子往後退一些，黑格爾同學，但不用起身。」

「老師，妳到底在盤算什麼？」

即便是法蒂娜的第二步，也同樣讓黑格爾一頭霧水。

「別囉唆，你很快就會知道了。」

法蒂娜沒有回答，用眼神催促他趕快動作。為了盡早知道她的「計策」，黑格爾很快照做，將椅子和書桌拉出一段距離。

「還算是聽話的孩子呢。」

法蒂娜再度勾起嫣然一笑，隨即將合身的短裙稍稍往上拉了點。看到她調整裙子的模樣，男性的本能令黑格爾不由自主地吞嚥口水。

「嘿——」

上。

下一秒，毫無預警的攻勢就降落在他身上——法蒂娜直接跨坐到黑格爾的大腿上。

「法、法蒂娜大人？」

毫無心理準備，更不知道法蒂娜竟大膽到這種程度，黑格爾一時間忘了自己的人設，驚訝全寫在他俊俏的臉上。

「什麼法蒂娜大人，你叫錯了吧，黑格爾同學。」

法蒂娜笑了笑，她知道這傢伙動搖了。看到黑格爾的措手不及的反應，讓她有種占上風的得意感，她就是喜歡看這個平時總愛調侃與挑戰自己的男人吃點鱉。

「咳、咳咳，抱歉抱歉，是我的錯，老師妳大人有大量，會原諒我的吧？」黑格爾這才反應過來，努力回歸原本的人設。

「這就要看你的表現了，黑格爾同學。」法蒂娜緩緩前後挪動，曖昧地回應。

「哎呀，老師真是逮到機會就不饒人呢……只是，真的沒想到，老師居然會如此大膽啊……」

黑格爾看著跨坐在自己大腿上的女人，這個在他心目中最為性感迷人又崇高的女性、他這一生唯一追隨的主人，腦袋跟胸膛內都是一片熱烘烘……只是他不能讓法蒂娜察覺到自己的再次失態，否則又會讓她多一個把柄。

「還不是為了讓學生願意專心念書呢？都不知道老師的苦心呢，黑格爾同學。」

法蒂娜故作無奈地嘆了一口氣，搖搖頭，在晃動頭頸的同時，從她身上散發出來的香氣更是讓黑格爾著迷。

要不是現在是模擬練習，平常的黑格爾大概會毫不猶豫展地露病態痴狂的一面——聞爆主人身上的香味。

「說到這個……老師，妳說要讓我自願主動看書，那現在是打算？」

黑格爾強行把自己的心思轉回「正事」上，不然他大概會一直暈頭轉向。畢竟，像眼前這樣的機會，可不多啊……實在太難招架了。

「現在我就會讓你知道了。」

「什麼？」

黑格爾又是一個大大的問號浮現腦海，接著就見法蒂娜拿起放在桌上的書。

「此刻，就把我當作你的人體書架——好好看書吧，黑格爾同學。」

話音一落，法蒂娜就將書本打開，書背壓上挺起的胸口，正好擠在兩團柔軟之間，原本緊繃的釦子此刻更是岌岌可危，隱約露出了隱匿其下的白嫩肌膚，以及……那是胸衣的蕾絲嗎？

「居然想到這一招……老師，我算是心服口服了。」

看著眼前深陷溫柔鄉的書，鼻腔一熱的黑格爾終於嘆了口氣，搖頭苦笑。

他輸了——真是敗給法蒂娜大人了。

原來她說讓自己自願讀書，竟是這種手法……某方面來說的確是讓他目光離不開書本啦。

「那麼，就請黑格爾同學好好看書吧。只要你願意看書的時間越久，老師就會花更多時間做你的人體書架喔……」

法蒂娜的神情既曖昧又得意，她很清楚只要這麼做，黑格爾就會完全變成自己的囊中物。

不，其實法蒂娜早知道，不管她怎麼做，這個男人一直都拜倒在自己的石榴裙下。

「真是可怕的招數啊……但是，偏偏我又很吃這套呢。老師，妳實在太厲害了。」

黑格爾再次苦笑著搖頭，他重新認知到自家主人的手段有多高超，又一次臣服在她的美艷與智計之下。

「既然如此，模擬練習可以結束了吧。」

正當法蒂娜準備起身，右腕突然被一把抓住。

「老師，這麼快就要下課了嗎？我會很寂寞的啊。」

黑格爾的拇指摩娑著法蒂娜細緻敏感的手腕內側，臉上卻是期盼不捨的無辜神情。他才剛享受沒多久，怎麼可以這麼快就結束？

「寂寞？那就給我好好看書吧。」

法蒂娜冷冷一笑，稍稍使力甩開他的手，迅速地起身離開。

「哎呀呀，法蒂娜大人真是現實呀，早知道我就撐久一點了……」

看著起身離開的主人，黑髮執事無奈地笑了。他站起身，從口袋裡拿出手機。

「啪擦。」

快門按下的聲音清脆響起，法蒂娜回頭一看，就見到黑格爾正拿著手機對著自己。

「你這是在幹嘛？」

「當然是拍照留念呀，難得可以看到如此打扮的法蒂娜大人嘛……我要把這張照片設定為桌布。」黑格爾一邊說，一邊著手進行螢幕桌布設定。

「快給我刪除，誰准你偷拍我了？」

她一個箭步上前，意圖強硬搶走執事的手機。

「哎，別這麼小氣啊，法蒂娜大人您別這樣啦。」

黑格爾趕緊閃避，讓法蒂娜一時間撲空了。

「我說不准就不准，我命令你快把手機給我——」

「這回恕難從命，法蒂娜大人，我絕對不會讓步喔。」

黑格爾先是努力閃避，隨後像是突然想到什麼，補上一句：「法蒂娜大人這麼想要我刪除照片，該不會是害羞吧?怕別人看到這樣的自己嗎？」

「誰跟你害羞了，你才害羞！你全家都害羞！快把手機給我，不然就別怪我來硬的……！」

「哎呀呀，法蒂娜大人，您這根本是口嫌體正直啊……又是何苦呢。」

黑格爾笑得更燦爛了，對他來說，此刻和法蒂娜之間的妳追我跑也是一種幸福。

單純而美好的小確幸。

他的法蒂娜大人，在背負著那麼沉重的復仇包袱之下，偶爾也是會有孩子氣的一面。

像這樣的時刻，是如此珍貴稀少，如此地讓他不想停下，只盼能長長久久。

只是，他同樣清楚，這樣的時光，僅僅是匆匆一瞬。

The Villain Earl's
Discipline Diary

第二章

「法蒂娜大人，要準備出發了……您在看什麼呢？」

黑格爾正忙著手上的工作，替主人提來了一只皮箱，目光正要對上法蒂娜時，卻見她還坐在沙發上看著今日剛送來的報紙。

「這個動力工程，進展的速度比我預期得還快。」

法蒂娜翹著修長美腿，一手撐著臉頰，慵懶地看著手中的報紙，神情似乎若有所思。

「您是指獅子心共和國宰相大人主推的那個動力工程嗎？現在進度到哪了？」黑格爾眨了眨眼睛，湊上前問道。

雖說國家大事也該注意，但他更傾向把所有精力花在他最愛的法蒂娜大人身上。

「我記得，三個月前動力工程的新聞才發布，現在已經有三個國家完成八成以上的進度。至於剩下的國家，大多也有五成的基礎了，除了蘭提斯大陸本土外的日和國沒有興建外，動力工程可說是遍布全大陸。」法蒂娜看著報紙中的敘述，一邊回答。

「還真是出乎意料的快，該說不愧是獅子心共和國嗎？由蘭提斯大陸最強國來主推的工程，果然就是有效率。」黑格爾露出有些意外的神色。

「主要也是看人吧，由那個鐵血宰相主導，這個動力工程的效率才會如此快。那傢伙，可是很有手段的。」

「呵，難得聽到法蒂娜大人稱讚一個人呢。看來，那位鐵血宰相真不是普通人。」黑格爾輕聲一笑。

「真正有能耐的傢伙，我從不吝於給予褒獎。只是，平常能讓我看上眼的人太少了。」法蒂娜聳聳肩，淡淡地回應。

「話說回來，這個動力工程主要是做什麼用途的？」

「你是不是都沒有在關心國家大事啊，黑格爾？居然連動力工程都不知道在幹嘛？」

法蒂娜將報紙闔上，皺起眉頭看著自家執事。

「這個啊，因為我都只關注著您，目光只追隨著您呀。不信的話，您可以隨時檢查我的視線是不是只跟著您跑……」

「夠了，這就不用多說了。」法蒂娜沒好氣地翻了一個白眼，制止接下來的病態發言，「簡單來說就是現今蘭提斯大陸上能源嚴重分布不均，大多數的動力資源都集中在少數國家裡，尤其是獅子心共和國。」

「也因此，獅子心共和國才能一直以此優勢，逐步成為當前的強國吧。」

黑格爾體貼地斟上一杯溫度適中的紅茶，讓心愛的主人能潤潤喉。

「嗯，正是這麼一回事。由於動力資源分布不均，一直困擾著缺乏資源的國家，為此需要長期支付大筆金額購買外來動能。從前年開始，這項蘭提斯大陸動力管線工程，正式由獅子心共和國的宰相提出。」

「這點我是知道的，為了貫徹人道主義、兼顧各國發展與推動世界大同的理念，獅子心共和國宰相宣布將動力管線工程向外延伸，提供豐富的動力資源給各個國家，我這樣說沒錯吧？」

法蒂娜點了點頭，「正是如此，至少這是獅子心共和國官方的說法。」

「獅子心共和國還真是有心，該不會連費用那些也由他們包辦吧？」黑格爾聳了一下右邊的肩膀，以帶點嘲諷的口吻問道。

她優雅地啜飲紅茶，「可不是普通的有心呢。雖不是全額包辦，但也提供了各國五成的資金。也就是說，這個動力管道工程可說是半買半送了。」

「我實在不明白，這麼做對獅子心共和國有何好處？依我看，那個鐵血宰相也不像是會無故大灑錢的笨蛋，怎麼會做出這種事？」

黑格爾滿臉困惑，手上不忘端上一盤精緻的茶點。

「老實說，我也猜不透，鐵血宰相絕不做對自身毫無利益之事……不過，我們的疑問，確實也是很多媒體的疑問。上次高峰會時，就有記者詢問宰相選擇這麼做的原因，以及這麼做有沒有得到王室與國內人民的支持。」

「結果呢？赫滅有回答嗎？」黑格爾忍不住追問道。

「赫滅的答案真是無聊透了——他說這是為了全蘭提斯大陸的福祉，為了讓各國能夠共同迎向美好的未來，不再由於動力資源不均而引發嚴重的貧富差距，獅子心共和國上下、無論王室或人民全都支持他這麼做。身為蘭提斯大陸上最強盛的大國，他們有義務也有責任帶領蘭提斯大陸邁向更好的未來。」

儘管法蒂娜已經用最不以為然的口氣說出這段話，聽在黑格爾耳中，宰相赫滅的回答依舊充滿著自信與氣度。

不過，更多是一種冠冕堂皇的藉口感。

「還真是官腔的說法，他真是自詡為蘭提斯大陸的共主啊？都快忘了他不過是一名宰相，還不是真正的王室成員。」

「可不是嗎？赫滅那傢伙，絕對在打什麼算盤，只是我們目前還不曉得而已……」

法蒂娜眼簾低垂，似乎在思考，不過她的沉思時間並沒有維持太久，很快就被一旁的黑格爾打斷。

「法蒂娜大人，倒是您何時準備要起身離開呢？再不出發，就要錯過應徵面試的時間了哦。」

黑格爾邊說邊舉起右手，故意看著腕上的手錶。

「囉唆，我這不就起來了嗎！」

被念之人沒好氣地重重放下茶杯，隨即從高雅的單人沙發上起身。

「稍等，轉過身來讓我確認一下。」

黑格爾突然叫住自家主人，法蒂娜便難得聽話地照做，讓對方檢視自己目前的模樣。

「嗯，隱形眼鏡戴了，假髮也很自然，重點是這套服裝真的很吸引人呀……啊，我可以再多拍幾張照片每天聞香嗎……」

黑格爾先是認真地看著法蒂娜，仔細檢查她身上的每一樣配件，最後則是真情(?)流露，馬上露出一臉病態陶醉、臉頰微紅的神情。

「如果你的鼻樑想被我打斷的話，可以試試。」

面對再度病發的自家屬下，這就是法蒂娜的唯一回答。

「法蒂娜大人，有時候我還真懷念您年輕時候的天真無邪……」一臉委屈又想念的模樣，黑格爾嘆了一口氣，喃喃自語著。

「你的意思是指我現在不年輕囉？」

「不，哪敢，法蒂娜大人在我心中永遠都是最年輕貌美的。」他馬上正色回應，就怕又踩到自家主人的地雷。

為了避免再次挑起戰火，黑格爾識相地走向門口，替法蒂娜打開了大門。

「法蒂娜大人，座車已經在外面等候多時，我們快出發吧，否則真要錯過面試了。」

雖然沒有得到任何一聲回應，卻見法蒂娜訊速走出門，自行上了車。

隨著引擎發動，車窗外的視野也逐漸變化，黑格爾默默地打量……不，與其說是打量，更像是在欣賞著他身邊這位佳人。

難得呈現這副打扮的法蒂娜大人，對黑格爾來說是何等珍貴的畫面，他不想錯過任何一刻可以盯著對方的時間。

此刻的法蒂娜頂著一頭燦金長髮，為了迎合家庭教師的形象，還特意盤了工整的包頭，露出修長纖細的白皙後頸，看起來格外清爽迷人。

再來是特別另選的有色隱形眼鏡，孔雀綠的雙瞳配上絢麗的金髮，使得法蒂娜有了和平時截然不同旖旎風情。

上衣是合身的白色襯衫，將本就豐滿的胸型襯托得更為鼓脹渾圓，彷彿胸前的鈕釦隨時都會彈開般誘人。

往下看去，是同樣合身的黑色窄裙，將法蒂娜的下半身曲線展露無遺，透膚的黑絲襪讓一雙長腿顯得更加色氣。

至於嬌小優美的雙腳，原本法蒂娜堅持要穿上鮮豔的紅色高跟鞋，正如她平常火辣的作風。不過為了更貼近家庭教師的形象，黑格爾只得說服主人捨棄這個想法，換上黑色粗跟鞋，讓法蒂娜看起來多了些莊重跟專業感。

最後，不得不說眼鏡真是一種不可思議的配件……

法蒂娜大人戴上黑框眼鏡後，一股難以言喻的氣質就散發而出，多了一種……讓黑格爾內心野獸都在蠢蠢欲動的「禁欲感」。

「黑格爾，再讓我聽到你盯著我吞口水的聲音，我就讓你立刻下車滾蛋。」

冷冷的一句話，以及一道宛如刀鋒般冷冽的視線，立刻讓心猿意馬的黑格爾轉頭面向前方。

「咳咳，法蒂娜大人，雖然我認為您應該已經清楚，但還是要特別再跟您叮嚀一下。接下來您可是以『克莉絲汀』的身分去應徵亞綸王子的家庭教師，您必須收斂起平時的脾氣，不可再如此強硬行事，否則會增加您被發現真實身分的風險。」

為了不要被踢下車，黑格爾刻意清了清喉嚨，對著自家主人如此勸告。

「這用不著你擔心，我會看著辦。」

法蒂娜再度給予冷淡的回應，之後的一路上，兩人再也沒有交集。

從法蒂娜的住家到獅子心共和國，比起遠在外島的日和國，已經算是相當近的距離。經過幾個小時的車程，原本熟悉的國家風情樣貌，逐漸轉變成另一種氛圍。

「看到那個獅子頭的雕像，就知道已經抵達獅子心共和國的首都了。」

黑格爾特地搖下車窗，看向獅子心共和國最知名的地標——一隻昂然咆哮、威風凜凜的獅頭人身像，象牙白的巨大石雕身軀，凜然坐立於首都的最顯眼之處。

「法蒂娜大人，您準備好了嗎？待會就要進行面試，您有牢記我說的話吧？」

欣賞了一下獅頭人身像後，黑髮執事轉過身來再次確認。

「別一直叨念，你是我老媽嗎？用不著你再三提醒。」

法蒂娜連一眼都沒有施捨，一手托著腮幫子，繼續面無表情地看向車窗外。

「若您真的都能牢記就好了……」

黑格爾嘆了一口氣，他不是懷疑法蒂娜的能耐，先前和法蒂娜模擬實戰過，他完全知曉自家主人的本事，而且她顯然更上一層樓了。

但是，讓黑格爾擔心的是……法蒂娜一身的傲骨和暴烈脾氣。

此次是來臥底應徵家庭教師，和往常直接以福斯特伯爵身分登場的層次截然不同。倘若一個沒注意，或者一個脾氣爆發，很容易會被發現破綻，導致偵查無法繼續。

雖然他已經耳提面命，但現在也只能祈禱自家主人能夠忍辱負重，多多修身養性啊……

「大人，我們已經到了喔。」

就在他默默擔心著的時候，前方傳來司機的通知，同時車也停妥在路邊。

「法蒂娜大人，祝您旗開得勝，一切順利。」

看著法蒂娜頭也不回地下了車，黑格爾只坐著傾身，單手覆在胸前，對著自家主人尊敬地獻上最真心誠意的祝福。

從這一刻起，倘若法蒂娜成功通過面試、成為亞綸王子的家庭教師，黑格爾就不能再隨時陪伴在她身邊了。

雖然一想到這點，黑格爾心中就有些許的落寞，但是為了主人的目標，他也只能狠狠壓抑住。

當然，他也不打算就這麼袖手旁觀。

一定也有他能替法蒂娜大人分勞解憂的地方，優秀的執事也想好要怎麼做了……接下來，就是等著法蒂娜抱著成功的結果歸來。

「放心吧，我可是最佳王牌家庭教師『克莉絲汀』啊。」在司機關上車門前，法蒂娜稍稍側過頭，如此宣告。

陽光明亮地撒在她的側臉上，讓黑格爾得以看到那抹飛揚在嘴角上、無比燦爛的明媚笑意。

The Villain Earl's Discipline Diary

第三章

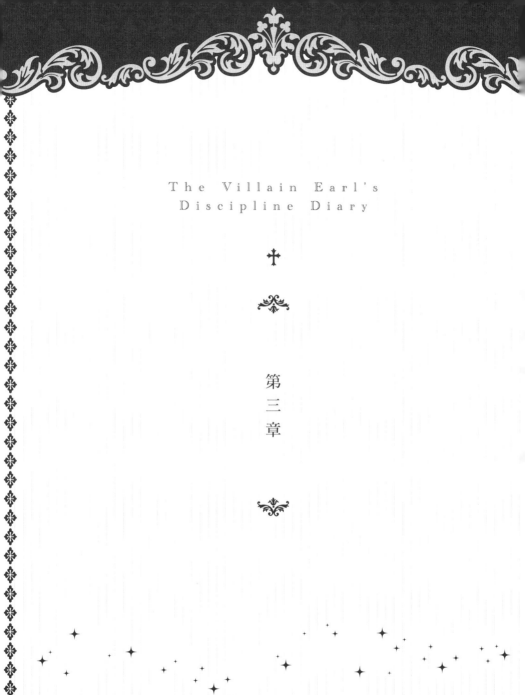

「一號應試者，請進。」

面試官推了推眼鏡，一手拿著應試者的名單，朝在門外等候的人揚聲呼喚。

如同其他應試者，法蒂娜也坐在這群人之中，她是第十五號，總共有將近一百人前來面試。這龐大的陣仗是有些出乎法蒂娜的意料，還好她的號碼還算前面，不用等太久，否則她大概會等到不斷翻白眼、失去耐心想離開了。

「這麼多人想來當笨蛋王子的家教啊……」

法蒂娜的喃喃自語雖然極小聲，左右兩邊與她一同等候的應試者還是聽到了。左邊那位馬上露出一臉「妳怎麼能這麼說」的質疑表情，倒是右邊那位外型還算得上俊朗的年輕男性，忍不住輕笑了一聲。

「其實我滿認同妳的，但現實就是如此，就是有這麼多人報名參加應試。」

「為了高薪，以及能夠和王室沾上邊？或是……」法蒂娜稍微掃視一圈周遭的女性應試者，其中有些打扮得濃妝豔抹，讓她又補上一句：「以為自己能有機會攀上枝頭當鳳凰吧。」

「這不好說，不過至少我不是為了當鳳凰而來的。而妳，我想也不是，若是就不會這樣說了。」右邊的男性應試者又是笑了笑，搖了搖頭這麼回應。

「算你會看人。」法蒂娜推了推眼鏡，淡漠地回了一句。

「對了，我叫亞克，方便請教妳的名字嗎？」

話鋒一轉，有著一頭紅色短髮及碧綠眼珠的青年，突然親切地自己報上名字。

「我沒有義務一定要告訴你吧？彼此都是競爭對手，面試結束後或許再也見不到面，寒暄就免了。」

法蒂娜眉頭一挑，顯然毫無意願告訴對方。

「說得可真決絕，不過我很看好妳，妳或許是這裡唯一可以能與我匹敵的競爭對手。」

即便被冷酷地當面打槍，亞克仍是一臉從容的笑，毫無尷尬感。

「講得好像我能力很差一樣……算了，你別再吵我就是了，我想好好準備一下待會的面試。」

法蒂娜的雙眼微微瞇起，冷冷地看了亞克一眼，決定找個理由結束對話。

亞克也挺識相，沒有再出聲，兩人重新回到原本安靜等候面試的狀態。隨著時間的流逝，進出面試房間的人來來去去，一個換過一個，法蒂娜的號碼靠前，沒多久後就輪到了她。

「十五號應試者，請進。」

站在考場門前的面試官，扯著嗓子對等候的人群叫喊。一聽到自己的號碼，法蒂娜立刻站起身，昂然挺胸、信心滿滿地走上前。

推門而入，映入眼簾的是一間寬敞明亮的房間，四名主考官——包含坐在中間的亞綸王子，都被法蒂娜納入眼裡。

主考官背後是一片偌大的落地窗，陽光從外撒入，讓踏入房間內的人格外精神抖擻、不自覺地緊繃神經。

法蒂娜不留痕跡地打量主考官們一眼，除了亞綸王子以外的三人，有男有女，看上去都是正經八百的菁英。

唯獨亞綸王子，作為應試者未來的服務對象，卻一手托著臉頰打哈欠，一副倦怠無聊的模樣。

法蒂娜看在眼裡，即便心中早已嫌惡個數百遍，還是強忍住想要皺眉的衝動。

「十五號應試者，請自我介紹。」

前方一名年約五十、神情嚴肅的男性主考官率先開口，法蒂娜決定給他代號A。

「亞綸王子殿下，以及各位主考官日安，我是第十五號應試者，克莉絲汀。」

法蒂娜不卑不亢地開始自我介紹，她的音調刻意使用清脆明亮的音色，與平時較為低沉且霸氣的聲線有明顯不同。因為無論是為了增加面試的好感，還是要避免被人發現自己的真實身分，這麼做都是必要的。

「克莉絲汀……喔！克莉絲汀，真是個美女啊……！」

本來還在昏昏沉沉中的亞綸王子突然眼睛一亮，整個人都坐起身來，目光閃閃地盯著法蒂娜。

「王子殿下，請自重。」王子左手邊的另一名主考官，咳嗽了一聲後低聲勸戒。男性、戴著金框眼鏡，且看上去相對古板，法蒂娜決定給他代號B。

「請繼續，克莉絲汀小姐，妳為何會想來應徵亞綸王子殿下的家庭教師？」B主考官回過頭來繼續詢問。

「因為我有絕對的自信跟能力，可以讓王子殿下選擇我成為他專屬的家庭教師。」法蒂娜輕推眼鏡，露出恰到好處的自信笑容，「大家都知道，在家教界，只要能成為獅子心共和國王室成員的家庭教師，就是最至上的光榮。我不為別的，就為了這份殊榮而來。」

一時間，主考官們都一副啞然模樣，唯有亞綸王子的雙眼似乎更亮了。

「還真是……難得的自信跟直接呢。克莉絲汀小姐，妳是目前我們應試到最直白……不，該說是最口無遮攔的應試者了。」

在場唯一的女性主考官微微皺起眉這麼說，法蒂娜給她代號C。

「口無遮攔？不，我只是實話實說，主考官您誤會了。」法蒂娜毫無退縮之意，振振有詞地回應。

「說得如此有信心，我看妳的學經歷……雖然優秀，但也不知道是不是真材實料。我們的時間很寶貴，後面還有很多人等著應試，現在給妳五分鐘的時間，表現出可以讓我們信服你、錄取妳的地方。」

C主考官雙手抱胸，言詞比另外兩名男性主考官還要犀利。法蒂娜想著，她就是所謂扮演黑臉的角色吧。

不過，即便如此，也嚇不倒更難不倒她。

「五分鐘，沒問題，我會讓各位主考官選擇我作為王子殿下的家庭教師。」法蒂娜毫不猶豫地接下挑戰。

若是想在近百人中脫穎而出，就必須讓主考官與亞綸留下「特別強烈」的印象才行。

「五分鐘，我就可以讓王子殿下專注閱讀。」她信誓旦旦地開口，散發出毫不遮掩的強烈自信。

「那我們就拭目以待，若是沒做到，妳就可以直接知道結果，不用等通知了。」

被法蒂娜認定是「黑臉」的C主考官，也同樣給出毫不客氣的回答。

「沒問題，那麼接下來我需要一本書，也有請王子殿下屈尊試聽課程。」

「欸？我、我嗎？」

本來還在欣賞法蒂娜美貌的亞綸王子愣了愣，傻乎乎地睜大雙眼，一手則指著自己。

主考官們彼此互看，一時間無法做出決定，最後都看向了亞綸王子。

A主考官開口詢問：「王子殿下，您接受現在當場試聽嗎？」

「啊……應該可以吧？也沒差，反正我是沒什麼精神看書啦……」

亞綸王子搔了搔自己的臉頰，一面對主考官，他的眼神就瞬間又渙散起來。

在徵得當事者的同意後，主考官們再次對望一眼，由B主考官開口回答：「那麼，就給妳五分鐘的時間進行試教，克莉絲汀小姐。」

隨後主考官們暫且離開座位，走到一旁雙手抱胸，嚴格地審視著法蒂娜的一舉一動。

法蒂娜並沒有表現出被時間追趕的緊迫感，她只是踩著沉著穩重的步伐，來到亞綸王子的身旁。

「王子殿下，我是克莉絲汀，您未來的家庭教師，請多指教。」

「好……好香……」

在法蒂娜靠近時，亞綸不是聽見對方的聲音，而是關注她身上的氣息。

「殿下，我知道您不喜歡唸書，但您喜歡什麼我也很清楚。」

法蒂娜貼近亞綸的身側，一手伸到桌上，看似隨意地翻了翻桌面上的一本書。

「既然妳都知道我不喜歡唸書了……還來應徵我的家教？妳其實是喜歡被虐吧？哈哈。」

「那您呢？王子殿下……您喜歡嗎？」

「什、什麼……妳好大膽，居然問我這種問題……！」

亞綸似乎著實有些吃驚，睜大雙眼瞪著她。

一旁的主考官們臉色一沉，尤其是C主考官，她幾乎想衝上前阻止，最後仍被另外兩位主考官說「再三分鐘，三分鐘後忍過就好」按耐下來。

「我說過，王子殿下不喜歡什麼跟喜歡什麼，我都很清楚。但是，喜歡的事情，必須要用一點代價來換取喔。」法蒂娜勾了勾嘴角，纖長的手指點了點桌上的書，「好好拿起書，看個一分鐘，這樣就可以了。」

「我憑什麼要聽妳的啊？妳明知我最討厭看書……！」

「因為，我知道您喜歡的是……」

法蒂娜的話說到一半便湊到亞綸耳邊，用手遮著說起悄悄話。

聽到法蒂娜的耳語後，亞綸立刻瞳孔微縮地轉頭看向對方。相較於自己的驚訝錯愕，映入眼簾的法蒂娜則是一臉從容微笑。

主考官們自然注意到了，他們都很在意、也好奇這位第十五號應試者究竟對王子殿下說了什麼。

「如果現在拿起書來看的話……我會考慮那樣做的。」

法蒂娜推了推眼鏡，鏡片之下的眼神既銳利、卻又帶點意味深長的勾引。亞綸連連吞嚥幾次口水，兩頰微微泛紅。

「第十五號應試者，妳到底對王子殿下說了什麼？時間已經剩下最後三十秒了——」C主考官眉頭深鎖地緊盯著手錶，嚴厲地說道。

「剩下三十秒不到，王子殿下，您想錯過嗎？」

即便聽到主考官這麼說，法蒂娜仍是一副自信悠然的模樣，反倒是亞綸王子更加緊張，好像他才是被時間追趕的那一方。

「我……」

亞綸又嚥下一口水，彷彿陷入什麼天人交戰，視線慢慢轉移到桌上的書本上。

「十秒──」

C主考官的聲音，以相當壓迫的聲調再次傳來。當事者法蒂娜依然不為所動，只是泰然地看著亞綸王子。

「五秒──」

主考官準確地倒數中，絲毫不打算給法蒂娜任何通融的餘地。

「三秒，兩秒，一……！」

就在倒數即將結束時，亞綸王子猛地拿起桌上的書、翻開閱讀，一臉認真且緊繃！

主考官們全都傻眼了，尤其是最緊迫盯人的C主考官，她眨了眨眼睛，似乎無法置信。

「很乖，王子殿下真是一個好學生。」看著眼前令人滿意的結果，法蒂娜的手輕輕搭上亞綸的右肩，笑著稱讚。

「這……她到底做了什麼?居然讓王子殿下自己拿起書來看……」

看著亞綸王子受教的模樣，B主考官就好像看到天下紅雨一樣。

「不過是拿起書做做樣子，撐不了幾秒的。」

即便看到這一幕，C主考官依然堅守自己的立場，冷冷地這麼說。

「也、也是，我們得再觀察一下……」

B主考官點點頭，繼續觀望亞綸王子的動態。

然而，時間分秒流逝，在法蒂娜的陪伴下，已經足足過了十分鐘，亞綸王子仍沒有要放下書本的意思，甚至還翻閱了幾頁。

「那個……我們要一直觀察多久？再這樣下去，會影響後面應試者的時間與權益……」

A主考官出聲向另外兩名同事詢問。他看著手錶，露出略微苦惱的表情。

「唔、但我總覺得，第十五號應試者肯定是出了什麼不好的招數。王子殿肯定下也不是真心想念書……」

C主考官的眉頭深鎖，咬著下唇，看起來有些不甘。

「就算是這樣，我們也無從得知。再說，她確實讓王子殿下就這麼安靜地看書十分鐘以上了……」

B主考官雖然很想認同，但是看看時間，確實真的超出預期了，加上應試者也確實達成考驗，實在沒什麼立場繼續難為對方。

「所以，你們兩位的意思，是就這樣結束第十五號的面試？」C主考官雙手抱胸地質疑道。

B主考官看了A主考官一眼，得到點頭肯定後，便轉向唯一持反對意見的C主考官勸道：「我們當然也不希望就這樣結束，但我們也都有共識……時間真的不多了，不能再拖延下去，必須快點進行下一位的面試。」

「……我明白了。」

C主考官嘆了一口氣，她已經沒什麼好說的了。

最後，由A主考官上前對法蒂娜宣告：「克莉絲汀小姐，今日的面試就到這裡為止，謝謝妳前來參加，我們要進行下一位的應試了。」

「我知道了，那麼，希望很快就能收到錄取通知。」

法蒂娜朝A主考官微微一笑，接著轉向終於在此時闔上書本的亞綸王子。

「亞綸王子殿下，我相信我們很快就能再見面的。」

語畢，對亞綸獻上一抹嫣然的倩笑後，這位克莉絲汀小姐便從容優雅地轉身離開。

踏出考場的法蒂娜，迎面就見到了下一位應試者——第十六號的亞克。

「從妳的表情來看，似乎很有自信錄取哦，十五號。」

「你說呢？快進去吧，雖然我認為你沒什麼機會了。」

法蒂娜冷淡地回了一句，也不等對方回應，逕自快步走開。

一離開建築物，她隨即坐上早已在後方出口等待的黑色轎車。一上車，就見到靜候多時的熟悉面孔。

「法蒂娜大人，面試感覺如何呢？」

黑格爾關切地詢問，一邊協助自家主人卸除變裝。

「你當我是誰？當然沒問題了。」

法蒂娜摘了眼鏡丟給對方，拿下偽裝的金色假髮，將一頭雪白亮麗的長髮甩動散開。

「我相信您，您會這麼說，代表一定勢在必得。」

黑格爾點了點頭，他了解自家主人，聽得出對方是如何信心滿滿。

「我累了，面對那群主考官跟屁孩讓我渾身不舒服，快帶我回飯店，我要好好泡個澡。」

下令的同時，法蒂娜動手解著緊繃的胸前襯衫，輕輕一撥，釦子就應聲彈開，露出渾圓飽滿的雪白雙峰。也是在這時，法蒂娜才露出稍稍鬆口氣的模樣。

「遵命，馬上就帶您回去休息，法蒂娜大人。」

黑格爾微微一笑，車子的引擎也發出啟動聲響。

「那個廢物王子的家庭教師名額，我拿下了。」

看了一眼後方的建築物，法蒂娜的嘴角一揚，充滿自信。

享受完舒適的泡澡後，天幕已經深沉，法蒂娜跨出浴缸，身上僅裹著一件白色浴袍，裸露的肩膀和髮絲還沾著水露。

她一手持著剛倒出來的金色香檳，緩緩走向床鋪，準備好好休息等睡意上身。

「法蒂娜大人，有您的來電。」

法蒂娜剛躺上床，黑格爾從旁走了過來，雙手奉上一支手機。

「誰會在這時間打給我啊？而且，還是有我私人號碼的……嗯……」

本來還有些意外，隨後似乎想到了可能的人選，法蒂娜沉默下來，從執事手中接過電話。

看了一下來電顯示，果然是她猜想的那個人，倒是有些驚訝為何對方會在這時候聯絡自己。

「喂，你是深夜耐不住寂寞嗎？不然怎麼會挑這時間打給我，相馬時夜？」接聽後，第一句話就直接這麼問道。

「我就知道妳會這麼說，果然這就是妳的風格，法蒂娜。」

手機另一端傳來相馬時夜磁性的柔和嗓音，在聽到的瞬間，法蒂娜有種莫名的……一點點喜悅的感受。

只是她很快就收好這突如其來的滋味，趕緊切換成平時的模式，又問道：「別浪費彼此的時間了，你特地打來到底是想說什麼？不會真的只是想和我敘敘舊而已吧？」

「確實，我們沒有太多時間可以敘舊，我還是直接切入正題吧。」相馬時夜話鋒一轉，語調也變得嚴肅起來，「法蒂娜，我不知道妳想做什麼，但大致上可以猜得出來妳的目的……我想說的是，無論如何，最好停止意圖接近亞綸王子的行為。」

此話一出，法蒂娜一時間有些愣住，她沒料到他會突然提到這件事。撇除對方為何知道自己打算接近亞綸，她更意外他會如此警告自己。

這可是之前幾次和「清單」目標接觸時，從未有過的事。

「我就不問你怎麼會知道這件事，但你既然也曉得我會接近一個人，就是因為他可能是我『清單』上的目標。所以，你一定更清楚為何我要這麼做——這種警告是完全不能說服我的。」法蒂娜認真地回應。她知道，相馬時夜絕對比任何人都清楚自己為何要接近目標。

為了姐姐，為了復仇，為了找出真相，她沒有可以讓步及怯步的餘地。因此，相馬時夜對自己這麼說，無疑是一種很怪異的矛盾。

「我當然了解，但是，這次不一樣，法蒂娜。」

「這次哪裡不一樣了?」法蒂娜沒好氣地追問。

「亞綸王子……這個人不像過去那些人,是一旦妳走錯一步,就會引火自焚的危險存在。」

「哼,你說得也太誇張了吧?那傢伙,不過就是愛闖禍的王室二代,外加一個沒用的好色廢物,有什麼危險的?」

法蒂娜無法理解,就她今天的觀察,亞綸王子不過就是一個單純且好控制、很快就屈服於她的年輕人。

不過,她也並非完全沒有動搖,正是因為了解相馬時夜,她曉得這名刑警會如此鄭重警告,肯定是有他的理由。

也因此,法蒂娜才沒有馬上掛斷電話。

「那只是表面,法蒂娜,妳還沒發現亞綸王子這個人隱藏的本質。」相馬時夜如此回應。

「相馬時夜,你能不能把話挑明直接講?這樣說我根本不清楚你想表達什麼。」法蒂娜一頭霧水地皺起眉頭,有些不耐煩地催問。

「法蒂娜，我現在是使用手機，這樣不太安全，之後有機會再詳談。」

當相馬時夜這麼說時，本來只想快點知道答案的法蒂娜也意識到了被監聽的風險——但是，她仍然難以想像，那個在她眼裡跟廢物沒什麼兩樣的亞綸王子，論及他需要這麼謹慎？

「我知道了，那就下次再談吧。」

既然身為刑警的相馬時夜都這麼說了，不管是不是真的如此危險，法蒂娜在這方面還是個明理人，懂得何時該明哲保身。

「嗯，總之，希望我今天說的話，妳能認真考慮聽進去。」相馬時夜說到這裡，緊接就傳來掛斷電話的聲響。

「到底是怎麼回事……？那個亞綸王子，究竟有什麼是我沒注意到的……」

看著已經結束通話的手機，法蒂娜深鎖眉頭，喃喃自語。

「法蒂娜大人，您和相馬大人之間談了什麼呢？您看起來神色不太好呀。」

見到自家主人結束電話，黑格爾便上前從她手中接過手機。

「他只是警告我，要我最好別再針對亞綸那傢伙調查與接觸下去。」

黑格爾有些意外地眨了眨眼，「什麼？他還真是神通廣大，居然已經知道您的行動？不，不對，應該是為何他會這麼說？記得您提過，亞綸王子給您的印象不就是一個好色蠢貨？」

「我的反應也和你一樣，這也是我疑惑的原因。」

「相馬大人沒和您說理由嗎？」

法蒂娜搖了搖頭，聳聳肩，「他說怕被監聽不安全，所以就沒有多說。」

思考片刻後，黑格爾揣測出自家主人的心意，「居然讓那位刑警出身的相馬大人都這麼說……法蒂娜大人，以我對您的了解，您也不可能止步於此吧？」

「你很清楚嘛。」

「那當然，我可是最瞭解您的人了，相馬大人絕對沒有比我更加懂您。」

硬要把自己和相馬時夜做比較，黑格爾就是這麼小心眼的男人。

「雖然不能忽視相馬大人給您的警告，但是您既然不打算放棄這條線索，就必須更加謹慎才行。法蒂娜大人，我有一個請求。」

「你想做什麼？」

法蒂娜的眉尾挑起一邊。

「請讓我也加入臥底的行列。」

認真嚴肅的神情，鄭重的語調，黑格爾與其說是向法蒂娜請求，更像是強迫要求。

「你？你要怎麼臥底在那傢伙身邊？家教的面試都已經結束了，你要怎麼接近他？」

她明白黑格爾是為了就近保護自己，才會萌生這個想法，但問題是今天面試都已結束，他又不是不知道，是要怎麼讓他臥底？

「還有一個機會。」

「什麼機會？為什麼還有其他管道不先跟我說？」

聽到黑格爾這麼說後，法蒂娜忍不住有些抱怨。

「那是因為，我認為那個機會並不適合您，法蒂娜大人。就算我說了，您也不會想去的。」

法蒂娜更在意了，「到底是什麼管道？」

「就是……清潔工。」

「啥？」

「王室目前有在徵王子寢宮的清潔工，這份工作，我想您應該也不適合吧？」

「唔，也不是不適合，只是有沒有這個必要。若當初別無選擇的話……」法蒂娜摸了摸自己的後頸，說得有些心虛。

僅管黑格爾一眼就識破，卻也懶得吐槽自家主人了。

「總之，這是我目前認為可以臥底的機會，現在就只差您的首肯了，法蒂娜大人。」

「等等，清潔工的意思，就是那種必須掃地、拖地、替廢柴王子擦屁股那種工作嗎？」

「差不多是那樣，但我想亞綸王子都那麼大了，應當不需要讓人幫他擦屁股才對。當然，若您指得是另一種層面上的『擦屁股』的話，也應該不是一名普通的清潔工能做……」黑格爾一手摸著下巴，認真地回答法蒂娜的問題。

但當他抬起頭來，見法蒂娜還是一臉糾結的模樣後，便問：「法蒂娜大人，請問有什麼不妥之處嗎？」

「也不是，只是想到要讓你做這些事情。這種事，明明連我都不會叫你做……」法蒂娜低下頭，說話的聲量就像在喃喃自語。

黑髮執事雙眼微微睜大，似乎有些意外，隨後像是反應過來，嘴角勾起帶著甜意的笑，對著自家主人道：「哎呀，難不成……法蒂娜大人，您這是在心疼我嗎？捨不得讓我去做這樣的事？」

「才不是，你想太多。」

雖然法蒂娜立即反射性地否定，不過黑格爾還是一臉高興。

「真開心呢，看來法蒂娜大人真的非常重視我，不枉費我平時對您的付出了。」

臉上浮現一抹乍現的嫣紅，不過僅僅維持了幾秒，法蒂娜就強硬地轉過頭去，不悅地回應：「啥？就說不是了。去去去，隨便你去應徵哪份工作，快去，既然要臥底就給我做到好！」

「是，遵命，我定不會辜負法蒂娜大人的期望。」

黑格爾微微一笑，一手覆在胸前，朝主人欠身致意。

「我要先去睡了，那個什麼清潔工招考你自己看著辦，需要什麼再跟我說。」

法蒂娜打了個呵欠，伸伸懶腰。

要不是相馬時夜的那通電話，她現在早就躺在床上睡著了吧……真是不會挑時候。

「好的，謝謝您。祝您有個美夢，法蒂娜大人。」

「美夢啊……那就是快點讓我揪出犯人、狠狠地報復他，就是最痛快的美夢了。」已經躺在床上的法蒂娜，拉上棉被，用充滿睡意的聲音說道。

在那之後，她也沒聽見黑格爾究竟回覆了什麼，只知道自己墜入了黑黑沉沉的夢鄉。

皇家馬車的車輪轉動聲，以及馬匹走動的噠噠響，帶動著這輛四人馬車緩緩前進。

車上坐了三個人，兩男一女，其中唯一的女性似乎不是很開心，從頭到尾不發一語，皺眉看著窗外。

她雖然坐姿端正，但臉上的不悅之情表露無遺，也毫無遮掩的意思，就好像故意要給對面的男子看見一樣。

她心裡只有一個疑問：為何亞克那傢伙會在這裡啊——

頂著一頭金髮，戴著黑框眼鏡，身穿合身襯衫與黑色窄裙的法蒂娜……不，是「克莉絲汀」如此不滿地反覆想著。

她沒記錯的話，當初家庭教師的面試只有要錄取一人！

一人而已！

既然她都收到了錄取通知單，為何亞克那傢伙還會在這裡？這不就表示那傢伙也跟她一樣都被錄取了嗎？

雖然很想把亞克旁邊那位負責人抓來拷問一番，但為了不曝光現在的身分以及被取消錄取資格，法蒂娜只好強忍下怒氣跟不滿，以致於她此刻的表情就是如此的不悅。

「克莉絲汀小姐，都快抵達王子殿下的官邸，妳還是這麼不高興嗎？肯定很多人很羨慕妳，可以錄取成為王子殿下的家教之一呢。」

車內的沉默，最終由亞克出聲打破。

「家教『之一』啊……既然你都這麼說了，怎麼不先跟我解釋一下這是怎麼回事？當初的招考簡章上，明明就只有寫錄取一位名額而已。」法蒂娜沒好氣地反問。

反正亞克都挖坑給自己跳了，她順勢推他一把趁機問個清楚也不奇怪。

「這個……克莉絲汀小姐，我想妳不會喜歡聽到這個答案的……」

亞克倒是露出一副替法蒂娜著想擔心的表情，這讓法蒂娜看了更為不滿。

「什麼意思？亞克先生，你的口氣還挺囂張的呢。」

她皺緊眉頭，一瞬間有些忘了克莉絲汀的人設，本色不小心跑了出來。

「這個……」

亞克轉過頭，和身邊的負責人默默對視一眼，神色顯得有些尷尬，最後還是由負責人直接向法蒂娜坦言。

「事實上，通過主考官一致評比、審核通過的錄取人是亞克先生，而非克莉絲汀小姐妳。」負責人的臉色一沉，語重心長地說。

「你的意思……亞克才是唯一的正式錄取者？」

法蒂娜在鏡片之下的雙眼微微睜大。

「正是這個意思，不好意思，克莉絲汀小姐……」一旁的亞克接替負責人回答。

「這沒什麼不好意思的——」

雖然頗為驚訝，但法蒂娜很快就轉了念頭、收拾情緒。反觀聽到她這麼說的亞克，換他一時間愣了一下。

「如果主考官都一致認為你就是最優秀的那位，我也無話可說。這是你憑實力掙取的成果，沒什麼好不好意思的。」

亞克的表情漸漸轉成淡淡微笑，「克莉絲汀小姐……妳真是不可思議呢。」

「不過，這到底是怎麼回事？既然亞克先生才是真正的錄取者，我為何會出現在這裡？」

法蒂娜的目光再度射向亞克身邊的負責人。

「那是因為，克莉絲汀小姐，妳是一個破例的存在。」

法蒂娜並不意外，聳了聳肩，「啊，我想也是，但破例的原因是？」

「根據上頭的說法，是因為王子殿下強烈要求要讓妳來授課。」

「哦？原來是那小子啊……呵……」

挑起一邊眉梢，法蒂娜暗自笑了一聲。

負責人眨了眨眼，「嗯？克莉絲汀小姐剛剛說了什麼嗎？」

「沒什麼，我只是很感激王子殿下能給我這個機會。」重新回到克莉絲汀的人設上，法蒂娜說出平時絕對不會講出口的話。

「克莉絲汀小姐，其實我也很想知道，妳究竟是用什麼方法讓王子殿下如此為妳爭取機會？」

作為真正合格的錄取者，亞克當然比誰都更好奇，到底這位克莉絲汀是如何做到的。

法蒂娜故作神祕地甜甜一笑，將食指抵在自己的唇前，「這個，就只能說是商業機密囉。不過，也恭喜亞克先生成為王子殿下的家庭教師，往後我們就算是同事了吧。」

亞克笑了笑，「謝謝克莉絲汀小姐。既然以後都是同事，我應該就有機會能一窺妳的祕訣了。」

看在法蒂娜眼中，其實這傢伙笑起來不難看。以外型來說，確實是個還不錯的有為青年類型。

只不過，法蒂娜依然沒有半點親近亞克的想法，除非之後有其必要。

「差不多要抵達王子殿下的官邸了。」

負責人將頭稍稍探出馬車窗外，已經看見克林王宮——亞綸王子以及其父母住所的華麗身影。

很快的，躂躂的馬蹄聲停了下來，車子也停駐在王室花園前的大門口。

馬車內的人接連下車，法蒂娜是最後一位，她正準備探出身子，就見到亞克紳士地伸出手來扶她。

法蒂娜愣了一下。以她的本性，平時才不會讓任何人扶她下車，這點小事根本用不著讓人服務。

不過，由於現在是扮演著擁有良好氣質與家教的克莉絲汀，她就必須裝裝樣子、做出淑女的模樣。

「多謝了，亞克先生。」

輕輕地牽著法蒂娜的手，亞克溫柔地提醒，「請小心，別踩空階梯了。」

青年的眼神專注地看著她伸出腳尖，優雅地踏著馬車階梯而下。

此時負責人結束與門前對講機的對話，轉身示意這兩名新任的家庭教師。

「兩位請跟我來，我已經跟王室總管通報完畢，待會你們就隨我進入吧。」

兩人同時點頭，隨即跟上負責人的腳步，走向正緩緩開啟的王宮柵門。

迎面襲來的是壯麗華美的御花園，萬紫千紅的花圃、經過雕琢的綠色園藝、分布在各個角落的白色大理石雕像，以及位於花園正中央的圓型噴水池，都彰顯著這座王宮的霸氣與奢華。

「真不愧是王室的住宅呢……御花園肯定花了很多經費維持吧。」

走在法蒂娜身邊的亞克不禁大為驚嘆。儘管法蒂娜很想回「這又沒什麼」，但想想這個亞克只是個平民，會有這樣的想法也不意外。於是她還是選擇什麼都別說，免得曝露出伯爵的身分。

況且，看到這種王室風格的花園，就會讓她想起不好的回憶。儘管地點不同，但風格實在很類似，讓她不做聯想也難。

沒想到，亞克竟然注意到法蒂娜臉上的表情，轉過頭問：「克莉絲汀小姐看上去似乎不是很滿意？」

「嘖，這傢伙怎麼眼力這麼好……」

「嗯？克莉絲汀小姐妳有說什麼嗎？」

「啊，我是說，這不是滿不滿意的問題吧？對我們這種只是來當家教的普通人來說，御花園要花多少錢維持都不關我們的事。」

隨意編了一個理由，法蒂娜希望能藉此敷衍過去。

「嗯，這麼說來也是，但聽起來還真有點……怎麼說呢，克莉絲汀小姐或許比我想像中還要偏激？」亞克一手托著下巴，若有所思地說。

法蒂娜冷冷地瞥了對方一眼，語氣冷淡，「亞克先生，與其猜想我是個怎樣的人，不如好好將心思用在接下來要教導的王子殿下身上吧？」

亞克笑了笑，搖了搖頭認真地說：「這倒也是，沒想到我居然會被克莉絲汀小姐先行說教了呢……不過，實際上我是因為太想瞭解克莉絲汀小姐，這才失禮了，還望妳海涵。」

法蒂娜聽聞亞克這麼說後，只是冷冷地回了一句：「這種話，我能歸類成職場性騷擾嗎？亞克先生？」

「如果以後我們能修成正果，就不是性騷擾，而是浪漫的追求過程了。」面對不客氣的質問，亞克反而更從容地說出令人有點害羞的話。

「亞克先生，我不會阻止你做夢的。不過我還是要說一句，我們可是在要去見王子殿下的路上，這些無聊的小事還是別再說了吧。」

法蒂娜一點也不想多聊這方面的事，即便亞克有著一副還算英挺帥氣的好皮囊，但她身邊已經有太多長得好看的男人，加上因為姐姐的緣故，她對男人總是抱持著一份敵意，讓她對亞克不斷釋出好感這件事感到厭煩。

「克莉絲汀小姐，我是個可以一心二用的人，不管是對亞綸王子的教學，或是針對妳，我都有自信可以兼顧。」

即使接二連三地遭到冷言以對，亞克依舊自信滿滿，毫無挫折的樣子。法蒂娜也不想再多說了，和這種自信心爆棚的笨蛋多說無益。

負責人在推開王宮宅邸門扉之前，停下腳步轉身，語重心長地開口：「亞克先生、克莉絲汀小姐，待會進入王宮後請務必多注意你們的禮節，切勿惹王子殿下不開心，明白嗎？這是為了你們好，倘若王子殿下動怒，你們都不會有好下場的。」

亞克微微一笑，直接代表兩人回應：「請放心，我們會謹記在心的。」

「可別砸了我們這間頂級家教機構的招牌啊，兩位……」負責人仍是有些擔心地喃喃自語。

隨後，負責人推開門，對早已站在門後等候的一名中老年男性施禮。

「克里多總管大人，這兩位是此次新進的家庭教師，亞克跟克莉絲汀，我帶他們來報到了。」

「嗯，辛苦了，那麼後續請交給我吧。」

被稱呼為「克里多」的王室總管，用著與外表一樣莊重嚴肅的低沉嗓音如此回覆。

「是，那就勞煩您了。」

負責人朝克里多點了點頭，相當恭敬地退下，原路走出王宮宅邸大門。

看著這一幕，法蒂娜大概知曉，即便只是一名總管，但只要和王室有關，都不是平民惹得起的角色。

不過話說回來……黑格爾那傢伙不是說要應徵這裡的清潔工嗎？不知道有沒有順利進來了？

法蒂娜稍微查看四周，目前還沒看到對方的身影。她倒是沒注意到，此時克里多總管的視線已經落在她的身上。

「妳是克莉絲汀小姐吧？一進門便開始東張西望？」

頗具威嚴的嗓音直接打斷她的思緒，法蒂娜這才反應過來，切換回克莉絲汀的人設。

「實在抱歉，因為這是我第一次看到如此金碧輝煌的王宮建築，一時間就……很抱歉，我會再多注意自己的言行舉止。」

——換作是平時，她法蒂娜絕對不會這麼說！

雖然也不會因此感到委屈，畢竟這就只是臥底演戲，但法蒂娜還是有些不悅。

畢竟，往常都只有她對人頤指氣使的份啊。

克里多總管在法蒂娜致歉後，目光冷冽地看了她一眼，隨後轉過身道：「請兩位跟我來，我現在帶你們去見王子殿下。」

法蒂娜隨即跟上總管的腳步，同時發現一件事。自從亞克進入宮殿露，就表現得安分得體，但似乎不斷用目光掃視宮內的種種景色。

法蒂娜不禁在心底暗暗笑了一下。這傢伙果然是個普通平民，沒見過王室的排場與風範，這下終於讓他開了眼界。

無論亞綸王子的住所有多麼富麗堂皇、氣派莊嚴，對法蒂娜來說都不屑一顧，她壓根不把這些放在眼底。

她在找的，只有黑格爾的身影。

但是直到抵達王子的書房，法蒂娜仍未見到那道熟悉的人影。

「記住，你們是王子殿下的家庭教師，切勿做出失格的行為。今日只是讓你們先與王子殿下見面，日後我們會再安排時間讓你們分別授課。」克里多總管站在書房門前，嚴正地對法蒂娜和亞克這麼說。

突然，總管的視線銳利地射向法蒂娜，「尤其是克莉絲汀小姐，請勿再對王子殿下做出失禮的冒昧行為。」

面對總管突如其來的警告，法蒂娜雖有些意外，卻也沒有畏色。大概是自己應試時的作為已經被總管得知，才會特別這樣對她說吧。

法蒂娜先是別開目光，再平淡地回應：「抱歉，我不太懂我做了什麼冒昧了王子殿下的失禮行為。不過，既然您這麼說，我會多加注意的。」

一旁的亞克都替法蒂娜緊張了一下，但克里多總管倒是沒多說什麼，直接轉身輕敲書房的門。

敲響兩聲後，克里多總管出聲問道：「王子殿下，兩位新進家庭教師已抵達，您要接見嗎？」

「新進家教……啊，你是說那個克莉絲汀對吧？見，我要見她！」

門內傳來亞綸王子的聲音，聽起來似乎相當興奮期待。

「王子殿下，除了克莉絲汀老師以外，還有亞克老師也抵達了。」

克里多總管板著一張臉，好像也不意外王子會有這種反應。在那張遍布歲月刻鑿痕跡的臉上，散發出一絲無奈。

身為當事者之一的亞克，尷尬地笑了一下。這就是被主考官選上與被王子執意留下的差別啊……

「什麼啊，還有別的家教？真是無聊……明明都說了，我只要克莉絲汀就好了……」

門內傳來亞綸王子如同氣球萎靡消氣的聲音，喜惡明顯表露。

「就算如此，王子殿下，您還是得見見他們，找家教可是王后陛下的指示。」

克里多總管也早習慣自家王子的性格，耐著脾氣勸道。

「呿，母后就是這麼無聊，整天只會想些花招來對付我……我知道了，就看在克莉絲汀的份上，讓他們進來吧。」

「遵命，我這就帶人入內。打擾了，王子殿下。」

終於得到亞綸王子首肯，克里多總管這才轉開門把，推門而入，結束了一行人傻站在書房前的尷尬時光。

「王子殿下，這位是亞克老師，另一位則是克莉……」

「克莉絲汀——我等妳好久啦！」

克里多總管一進門，對身邊兩位家庭教師的介紹都還沒說完，亞倫王子早已滿臉歡喜地一個箭步衝到法蒂娜面前，還想直接撲抱，當然馬上就被敏捷地閃避了。

「請自重，王子殿下。如今我已是您的家庭教師，還請稱呼我為克莉絲汀老師。」法蒂娜冷冷地說。

克里多總管面無表情，至於作為另一名家庭教師的亞克，只能在旁禮貌又不失尷尬地微笑。

「什麼嘛，才幾天沒見，克莉絲汀就變得這麼無聊了嗎？面試的時候，妳對我說的做的那些都只是騙我而已嗎……虧我還這麼強力要求妳來教我呢……」

亞倫王子一副受傷哀怨的模樣，看在法蒂娜眼中，簡直就像隻發情期的小狗，一旦被拒絕就可憐兮兮地嚶嚶嚶。

真是一副欠調教的樣子呢……法蒂娜的心中只浮現這個念頭。

大概就連克里多總管也看不下去了，他故意咳了幾聲，「王子殿下，還請您節制一下，若您和克莉絲汀老師有教學上的問題，還請授課時再行討論。」

「知道了知道了，反正如果克莉絲汀也這麼無聊的話，我總會有辦法讓她自己辭職的，那個男的就更不用說了。」

毫不遮掩的話如子彈般從亞綸口中射出，打中旁聽者的胸口。

「哎呀呀，不愧是王子殿下……果真如傳聞中一樣……」

亞克只能微微搖頭，苦笑以對。

他在此時也認知到，不管是他或身旁的克莉絲汀，在接下來的教課中大概都不會太好過了。

「克里多，人我都見了，應該可以讓他們下去了吧？我忙著看剛送來的寫真雜誌呢。」

王子慢慢走回書桌後方，坐下後當著眾人的面將雙腳翹到桌上，拿起看到一半的性感女郎寫真雜誌，視線再也沒有投射到前方的人們身上。

「遵命，我這就帶人退下。」

儘管亞綸王子的態度消極，克里多總管來這一趟的主要目的也算達成了，便帶著法蒂娜和亞克離開。

一闔上書房的門，就見王室總管對著新進的兩位家庭教師說：「待會，我會讓僕人領兩位到各自的房間，往後那就是你們的住處。只要你們還在此任職，就可以在王宮內自由生活。」

「嗯，這福利聽起來還算不錯呢。」帶點自我挖苦的嘲諷口吻，亞克的臉上再度浮現苦笑。

目前為止，除了高薪的俸祿外，擔任王室教師的優勢就是能夠成為這座奢華宮殿的一員——雖然只是短暫的住客，而且還得看王子殿下什麼時候要他們走人。

「若沒有別的事，現在就請兩位回房休息吧。明天開始就會安排授課時間，我會再另行通知。」

克里多總管再次發揮他無視的功力，完全沒有理會亞克，只是淡漠地說出他要說的話。

隨後，便有兩道身影從克里多總管的後方出現，分別是一男一女，身上都穿著制式的女僕與男僕服裝，即便沒有表明身分也一目了然。

在跟著男僕離開之前，亞克有禮地對法蒂娜說道：「那麼，在此暫時別過了，克莉絲汀小姐。祝妳有個好夢，我們明天可就得上戰場了。」

「以我的立場來說，倒是希望你能早日戰死沙場呢，亞克先生。」法蒂娜背對著亞克，冷漠地回應。

他面帶微笑，閉上雙眼，「真是很有個性又強勢的發言呢，但是，我也並非三言兩語就會被擊倒的人。克莉絲汀小姐，我們日後見真章，看誰才是真正留存在沙場上的英雄吧。」

說完後，紅髮青年邁開腳步，跟著帶路的男僕而去。

「我會期待結果的，亞克先生。」

話音落下，法蒂娜也與女僕一同離去，兩道身影就此越行越遠。

跟隨著女僕安靜的背影行走在王宮中，法蒂娜一直在注意周遭的景色。

不單只是好奇，也是為了繼續搜尋黑格爾。

直到都已經抵達自己的房間，她還是沒有看到那道預期之中的熟悉身影。

看來，那傢伙今天應該是不會出現了。

法蒂娜是這麼想的，卻莫名有些落寞。就好像明明說好今天會見到對方，卻期望落空……

不對，她幹嘛為了黑格爾而落寞？

搖搖頭，法蒂娜甩掉這樣的念頭，逕自走進臥底期間的住處。

她四下環顧，這個房間非常普通，看來提供給非王室成員使用的寢室不需要花費太多經費。

簡單，但不至於太過簡陋，該有的都有，在整潔方面也做得很好。畢竟是王宮吧，王室成員絕不會容許視線範圍內出現半點髒汙，更別提鼠輩之類的存在。

「還挺一塵不染的嘛。」

法蒂娜坐到床邊，摸了摸床頭櫃，又檢查了一下枕頭、床單等等，都非常乾淨清爽，也沒有看到半根頭髮。就這點來看，她都想給這邊的打掃人員一個滿分肯定了。

「有機會去了解一下這邊的打掃人員吧，做得還挺不錯，之後就挖角到我家來……」

法蒂娜這句話是認真的，這麼優秀的打掃人員，不應該就這麼浪費在這廢柴王子的官邸。

就在法蒂娜準備掀開棉被躺下之際，忽然聽到敲門聲。

「您好，我是受克里多總管命令而來的清潔工，請問房內的環境整潔還有哪邊需要加強嗎？」

說人人就到，沒想到這麼快就能跟她深感滿意的清潔人員碰上面。「我要好好挖角他」的念頭才剛浮現，法蒂娜就突然意識到——這清潔工的聲音怎會那麼耳熟？

「晚安，請問有哪裡需要加強清潔嗎？」

一打開門，就見到最為熟悉、且讓她一入宮就心心念念在找尋的那張臉。

法蒂娜一手握著門把，面無表情地開口：「黑格爾，我就知道是你。」

「意不意外？驚不驚喜？」黑格爾堆起燦爛的笑，反問一邊眉毛正在抽動的主人。

法蒂娜皺起眉頭，沒好氣地說：「誰給你說這種爛梗的勇氣？快進來，不然你還想給外人聽到我們談話嗎？」

她一把將黑格爾拉進房內，迅速關上門。

「您真是猴急呢，法蒂娜大人。」

身為被強拉入房中的當事者，黑格爾當然沒有漏掉這個可以虧對方一下的機會。

「少囉唆，別把話說得這麼噁心。」

「呵，我沒說錯呀。不過話說回來，法蒂娜大人，您找我很久了吧？」

「啥？你哪隻眼睛看到我在找你了？」

先是被黑格爾挖苦了一下，又立即被他這麼一說，法蒂娜馬上又沒好氣地反駁。

「我確實有看到哦，法蒂娜大人。」黑格爾笑了笑，「您在走廊上的時候，我剛好有看到您，您的目光明顯就是在找尋什麼呢……請恕我失禮，以我對您的了解，在這王宮內不會有什麼吸引您的東西——除了應該要出現在這裡的我。」

「哼……還真敢說啊。黑格爾，你是不是對我越來越沒禮貌了？」

完全不能否定。

既然不能否定，那就只能繞個彎轉移話題了。

法蒂娜就是不想在這方面輸給他，好歹她還是這傢伙的主人。

黑格爾搖搖頭，「怎麼會，我只是跟您陳述事實而已。」

「不跟你浪費時間了。黑格爾，你把該交代的都交代一下吧，你也不能在我房裡待太久，會讓人起疑的。」法蒂娜懶得再囉嗦，直接話鋒一轉。

「簡單來說，就是我順利考上了清潔工，這點小事完全難不倒我。當天就直接被派來王宮工作，大概比您還早個三小時抵達吧。」黑髮執事俐落地交代完畢，「那麼，法蒂娜大人，在這之後由於您是亞綸王子的專屬家教，而我只是宮內的一名清潔人員，我們盡量別在有人的地方接觸，以免惹人懷疑。另外，我現在的名字是里歐。」

「用不著你特別提醒，我也懂得避嫌。那麼，你可以出去了，里歐。」

法蒂娜伸出手隨意一揮，要黑格爾滾蛋。

「是，那麼清潔服務若有後續評比，請記得給我打高分喔，克莉絲汀小姐。」

黑格爾笑了笑，掛著這張笑容退身離開了。房內再次剩下法蒂娜隻身一人的影子，但她一點也不在意這份寂寥……

說也奇怪，為何會有寂寥這樣的感覺浮上心頭？

「因為黑格爾嗎？就因為他的離開？」

就連法蒂娜都覺得有些意外，不禁喃喃自語、自問起來。

「法蒂娜，妳最近是不是腦袋越來越不對勁了……」

一手抹了抹自己的臉，她坐到了床上。

「妳現在，是不是開始變得貪婪了？變得除了復仇以外的事情……也開始妄想擁有了呢……」

緩緩躺下身，望著一片空白的天花板，法蒂娜的心緒卻雜亂如麻。

The Villain Earl's
Discipline Diary

第四章

克。

「早上好，克莉絲汀小姐。」

早膳用餐時刻，法蒂娜聽到的第一聲招呼，是來自坐在對面、一臉微笑的亞克。

她冷漠地別過頭去，自顧自地吃著盤中的餐點。

「克莉絲汀小姐還真是一位冰山美人呢。但是，這種越是有挑戰性的美人，我越想發揮自己的教育……不，應該說是調教的專長呀。」

「亞克先生，你能不能安靜吃一頓飯？晚一點就要對王子殿下進行授課，不留點力氣嗎？」

法蒂娜冷冷地抬起眼，終於正眼瞧了一早就意圖調情的俊俏男人一眼。

「正是因為晚點要面對王子殿下，除了得好好吃早餐補充體力外，也得多從克莉絲汀小姐這邊汲取美的精神力量呀。」

哪怕對方再怎麼冷言冷語，亞克仍舊沒有要打退堂鼓的意思。

「別以為這樣會讓我增加好感，像你這樣油嘴滑舌的男人，我已經見怪不怪、也足夠厭惡了。」

話音一落，法蒂娜就推開盤子起身，結束了這場鬧劇。就在這時，前方傳來了克里多總管的聲音。

「亞克老師、克莉絲汀老師，用完早膳後請到這來，我會分配接下來的授課時段。」

「終於到這個時候了，克莉絲汀小姐，接下來就是正式開戰了。」亞克立即起身走上前，還不忘朝法蒂娜眨眨眼。

「如果你是打算和我一較高下的話，那亞克先生從一開始就輸了呢。所以，勸你不要有錯誤的期待才不會受傷害。」

法蒂娜淡漠地回應，同樣走向前，等待克里多總管的分配。

「亞克老師、克莉絲汀老師，我們目前安排的授課時間，是採取一、三、五由亞克老師負責，雙數的日子則交由克莉絲汀老師。」

「今天剛好是禮拜二……看來，先上場的是克莉絲汀呀，由我擔當後攻似乎也滿有利的。」

「你確定？不是一開始就被我壓著打嗎？就不怕王子殿下上過我的課之後，就對你的教學毫無興趣了？」

面無表情地反將對方一軍，向來是法蒂娜擅長也喜歡做的事。

「我就知道妳會這麼說呢，不過我也沒有因為這樣就害怕喔，很期待能跟妳一較高下，克莉絲汀小姐。對了，我想到一件有趣的事情。」

法蒂娜的眉頭一挑，「我很好奇，從你口中能聽到什麼有趣的事？」

「如果能從王子殿下口中聽到他比較喜歡我的教學，克莉絲汀小姐就和我約會一次——這個賭約如何？」

「哼，無聊的賭約，這對我來說有何好處？」

「這個嘛……」亞克欲言又止，曖昧地一笑，突然湊到法蒂娜的耳邊輕聲道：「我就不公布妳真實的身分，克莉絲汀……不，福斯特伯爵大人。」

法蒂娜的瞳孔微微收縮，轉過頭瞪著已經退後一步的亞克。

在她的腦海中，有許多驚訝的疑問冒了出來，最先反應過來的念頭是——這傢伙究竟是什麼人？

姑且撇開他到底是如何知曉自己的身分，這個亞克，絕對不是單純的家庭教師！

「如何，這個賭約很有趣吧？」

亞克露出燦爛的微笑，似乎一點也不覺得自己方才說的話是赤裸裸的威脅。

「既然你都這麼盛情邀約了……」

法蒂娜低下頭，瀏海陰影遮蔽了她戴著黑框眼鏡的雙眼，讓旁人看不清她此刻的表情。當她再度抬起臉來時，面對亞克的，是一張被激發出戰意的堅定神色。

「我接下你的挑戰，亞克。」

「很好，我就知道這個賭約很有意思，妳一定會接受的。對吧，克莉絲汀小姐？」

亞克滿意地點頭，接著輕輕拍了拍法蒂娜的肩膀。

「那麼，就由妳先攻了，我先去備課。加油啊，克莉絲汀小姐，我也不希望妳太輕易就輸掉賭約呢。」

「放心吧，是你的約會將會遙遙無期。」

法蒂娜說完，踏著堅定的步伐走向克里多總管。

「是不是遙遙無期，很快就能知道了，克莉絲汀。」

目送著法蒂娜的背影，亞克笑笑地看著她跟在克里多總管身後，走入亞綸王子的書房。

「唷，妳來啦，克莉絲汀。」

見到法蒂娜，亞綸王子一手托著臉頰，一手舉起，就像個沒長大的孩子一樣朝她招了招手。

「王子殿下，記得先前有跟您提過，請稱呼我為克莉絲汀老師吧。」法蒂娜面無表情地回應。

「我偏不要，要讓我叫妳老師的話，得拿出更多本事才行啊，克莉絲汀。」亞綸王子壞心眼地朝她吐了吐舌頭。

「克莉絲汀老師，今天接下來就請妳負責教授王子殿下本國語言的部分。」克里多總管早就練就一身自動無視王子的技能，他轉過身，高大的身軀面對著法蒂娜，「上午的課程時間為兩個小時，時間到了我前來通知。中午用膳過後，會繼續下午的課程。書櫃上有王后大人指定的語文教科書，再麻煩妳了。」

用嚴肅的語氣交代完事項後，總管朝法蒂娜稍稍欠身，便離開了書房。

「礙眼的老傢伙走了，喂，克莉絲汀，我們來玩吧？就像上次在面試的時候……」

一見到克里多總管離開，王子立刻曖昧地上下掃視法蒂娜，舌尖輕舔紅潤的唇瓣。

法蒂娜沒有理會，面不改色地走向書櫃，在上頭找到了克里多總管所說的指定教科書。

「喂喂，我說妳到底有沒有聽到我講的話？不准妳無視本王子！」

向來只有他藐視與無視他人的份，亞綸王子看到法蒂娜這樣對待自己，一股惱火直接衝上腦門。

「王子殿下，接下來要上課了，請別如此急躁。」

相較於亞綸王子的暴躁，法蒂娜依然一副悠閒淡定的模樣，拿著教科書走向她的學生。

「哼，要不是妳無視我，我用得著如此生氣嗎？還有——」

亞綸突然起身，用力抓住法蒂娜的手腕，強行將她拉到書桌前，再狠狠壓制住。

「我要的不是普通的上課，這點妳肯定比誰都還清楚，別給我裝傻，克莉絲汀。」

王子認真起來的表情意外邪氣，俊臉幾乎貼上法蒂娜，兩人之間只剩一個鼻尖的距離。

在法蒂娜眼中，這名年紀應當比自己年輕許多的王子殿下，眼神卻有著超齡的危險。

「我要的……妳可是在面試那天就知道了，為何還要刻意裝傻？該不會是後悔了？現在弄到職位，就想給本王子裝清純高尚了？」

亞綸王子邪佞地笑著，壓低嗓音在她的耳邊質問，同時一手不安分地慢慢地探入窄裙之內。

「王子殿下，你是不是誤會了？」

面對攻勢，法蒂娜依舊不為所動，好似那隻手根本沒有碰到自己。

「哦？我誤會什麼？」

亞綸王子的挑起一邊眉頭，探入裙內的手用力一抓，扯破了她薄薄的黑絲襪。

「我從沒說過我忘了面試那時的事，更沒覺得我哪裡刻意裝清純了。是王子殿下從頭到尾一直先入為主地如此認為。」

即便感受到不懷好意的手探入絲襪之下，法蒂娜依舊冷靜如常。

「那妳說說看，我到底怎麼誤會妳了？」

亞綸王子覺得奇怪，他確實搞不懂這個名叫克莉絲汀的女人，一方面表現得好像不可褻玩，卻也沒有反抗他伸進大腿內側的手……

這個女人，真是令人討厭，偏偏又很讓他在意。

「王子殿下，我是你的老師，再怎麼說我都有身為『老師』的原則。」

亞綸王子眉頭皺緊，一頭霧水地看著被自己壓在身下的女人。

「但，只要王子殿下遵守，服從在我的『原則』之下……」

法蒂娜說到一半突然停下，朱紅的嘴角勾起一抹豔麗甜笑，她突然按住了亞綸王子在自己裙下的手。

「王子殿下，想要跟老師進行更『深入』的教學……都是沒問題的喔。」

當法蒂娜這麼說的時候，更是輕咬著亞綸王子的耳廓。一陣電流般的酥麻竄下背脊，王子震驚得說不出話來。

看到對方這副反應，法蒂娜嫣然一笑，把亞綸王子的手緩緩抽了出來，再一扭身鑽出對方的懷抱，重返自由。

「妳、妳說的……可是真的？」

亞綸王子雖然好像稍稍回過神來，卻還是一副傻愣愣的樣子，睜大雙眼注視著法蒂娜。

「王子殿下如果懷疑的話，可以當作沒有聽見。」法蒂娜推了推有些下滑的黑框眼鏡，淡漠地說。

「說！快說妳的原則是什麼！」

一聽到法蒂娜好像要作廢方才的話，亞綸王子馬上激動地如此要求。

看著完全被自己操弄於掌心的一國王子，法蒂娜心裡很滿意。她就是喜歡把人耍得團團轉……尤其這個人又是她的「目標」時，會更加暢快。

只不過看著這樣的笨蛋，法蒂娜都不禁心生懷疑，這傢伙真是殺害自己姐姐的凶手嗎？

儘管如此，她仍然不會因此懈怠或解除嫌疑，畢竟這傢伙確實和姐姐的死有那麼明顯的關聯。

「吶，快告訴我妳的原則是什麼啦，快點！」

再度傳來亞綸王子催促的聲音，法蒂娜這才不急不緩地回答：「很簡單，我已經重複過很多次了……把我視為『老師』即可。首先，就先從習慣叫我為『克莉絲汀老師』開始。」

法蒂娜拿起教科書，推了一下眼鏡，鏡片之下透出認真且犀利的眼神。

「就這麼簡單？只要叫妳一聲克莉絲汀老師就夠了？」

亞綸王子似乎有些意外，眨了眨眼睛。這未免太簡單了吧？

「總之，先好好稱呼我一聲吧？如果你覺得這麼簡單的話，那就讓我聽到王子殿下的誠意。」

「哈，這有什麼難的，妳要我叫幾次都沒問題——『克莉絲汀老師』——」

亞綸王子笑了笑，故意拉長尾音呼喚。

「這樣是不行的，王子殿下，我感受不到半點誠意呀。對了，我想應該用不著我提醒，但還是跟王子殿下說一下……」法蒂娜搖搖頭，「不止在上課期間要『尊稱』我為克莉絲汀老師，對外更需如此——特別是在克里多總管以及亞克面前。」

「這沒什麼，也很簡單嘛。」

亞綸王子聳了一下肩膀，表示這又是小菜一碟。

「很好，我就是欣賞王子殿下的豪爽。那麼，現在就是語氣的問題了。」

法蒂娜點了點頭，稍稍往亞綸王子的方向前進一步。

「王子殿下，從沒有好好打從內心尊稱過一個人吧？除了你的父王與母后……嗯，可能還有赫滅宰相吧。」

法蒂娜一手托著下巴，作勢思考著。

「妳還真是懂我啊，要不要連我的身體也一併了解一下？我會讓老師知道，年輕男人的滋味有多好喔……」

亞綸王子瞇起雙眼盯著法蒂娜，接著邪氣一笑，脫口就是充滿暗示的話。

「這方面我們日後有很多時間可以探索，年輕人就是輸在心急上呢，王子殿下。」

「哼，那妳說看看，明知道我只對那幾個人叫得出所謂『有點誠意』的稱呼，要怎麼讓我也如此對待妳？」亞綸王子暗暗地嘖了一聲，一手摸著自己的後腦勺問道。

「嗯，我會一邊教學授課，一邊讓你學習怎麼好好稱呼我的，王子殿下。」

法蒂娜微微一笑，不過就算是被視為笨蛋的亞綸，也能看出這是皮笑肉不笑。

「好了，早上的時間有限，這本語文教科書，多少要讓你翻開第一頁吧。」

法蒂娜停止了「稱呼」的話題，轉而進入正題，準備開始進行授課。

「喂，克莉絲汀老——師。如果是太無聊的授課方式，我可是不會理妳的喔。」

亞綸王子看著法蒂娜把書放在自己面前，不滿地說道。

「我會視情況調整『教學手段』的，這點請別擔心，王子殿下。不過呢，既然今天是第一次上課，就先當作測試水溫吧。」

說完，法蒂娜翻開書本的封面，開始照著上頭的內容授課。原以為自己不一定能好好教授，但看了一下內容……還真是有夠基礎簡單。

也就是說，這個亞綸王子，程度真的很差啊……

這個國家的未來，看來還真要淪落到赫滅宰相的手裡了吧。

本就所剩不多的教學時間，在經過一小段的授課後，也逐漸到了尾聲。法蒂娜正收拾著桌面，耳旁傳來亞綸王子的聲音。

「吶，克莉絲汀老師——下次上課能不能別這麼無聊了？到時做點有趣的事情吧？我今天啊，唸得很累又提不起勁耶。」亞綸一手撐在書桌上，傾身貼上法蒂娜的耳鬢，曖昧地低聲說著。

收拾好東西，法蒂娜轉過身，面色正經地回應：「我大致了解了你的程度與學習時狀況，不過今天就是這樣的上課風格，下次再做調整。」

「啊？下午還要這樣啊？都跟妳說很無聊了。」

亞綸王子立刻嫌惡地皺起眉頭，大聲表達不滿。

「今天下午，克里多總管會在場旁觀。我想，王子殿下不會想讓一個老人家煞風景吧？」

「哦，對喔，本王子都忘了有這回事……好吧，聽妳這麼說，我可以期待下次沒有那老頭的上課時間了？」

「你說呢？王子殿下。」

回以一抹似笑非笑的表情後，法蒂娜便欠身行禮告退。一走出書房，她就見到另一張同樣讓她嫌煩的臉孔。

「第一天上課的感覺如何？克莉絲汀小姐？」

亞克笑咪咪地等在門前，明擺著就是在等著看好戲，又讓法蒂娜的心中升起一絲不悅。

「我們是競爭關係，為何要告訴你。」

法蒂娜皺了皺眉，邁開步伐準備離開。

「別這麼無情嘛，至少我也是現場唯一『了解』妳的人，我們之間的關係沒有必要如此惡劣呀。」

看著眼前的金髮美人就要快步離去，亞克立即丟出王牌，對方果然又停下了腳步。

「那又如何？就算如此，我也沒必要跟你好好相處。或者更進一步說——既然『了解』真正的我，你在我眼中就更沒什麼了。」

回頭冷冽地瞪了亞克一眼，法蒂娜的回答比前幾秒更為凶狠。

「嗯，不愧是高嶺之花，冰山美人確實很有挑戰性。不過沒關係，我沒有惡意，總之上課辛苦了，克莉絲汀小姐。」

「你出現就只是為了要說這麼無聊的話嗎？」

「哎呀，這麼聽來，該不會是克莉絲汀小姐還期待著我說出什麼？或做出什麼？」

「哼，我下午還有課，不奉陪了。」

不想再浪費寶貴的休息時間，她留下這句話後，就快步離開亞克的視線範圍。

「真是不可思議的女人呢……我越來越好奇，妳為何要臥底在亞綸王子的身邊了……」

「你怎麼會在這裡，黑格爾？」

一回到自己的房間，法蒂娜就見到一手拿著打掃器具的黑格爾。

黑格爾笑了笑，「是里歐，克莉絲汀老師您又叫錯了呢。」

「你這傢伙怎麼又擅自進到我房裡？」

法蒂娜無視對方的話，反正只要房門關上、確認沒有他人的情況下，她想怎麼喊都是她的自由。

「當然是每日的例行打掃囉，這可是克里多總管的吩咐呢。他說了，每天都要把王宮內的任何一角清理得乾乾淨淨，就算只是外人住的房間也一樣。」

「後面那句話聽了可真讓人不愉快。」

法蒂娜皺了皺眉。儘管早就有所察覺，這座王宮內的人——上至那個笨蛋好色王子、下至總管克里多，就算表面上維持著一定的禮貌，也是打從心底輕蔑著外來的平民。

彷彿嬌生慣養在這座名為「王宮」的鳥籠內，就認定外界的一切都是那般不值一提。

「的確，不過我想我們家的法蒂娜大人不會放在心上的，您說是吧，我的主人？」

「這你倒是很了解。」

「呵，這是我的本分。話說回來，您初次上課回來，有找到什麼有用的線索嗎？比如，您覺得『目標』如何？」黑格爾暫且放下手邊的掃帚，正色詢問。

法蒂娜翻了個白眼，「那傢伙，蠢到我一度懷疑真該把他設定成『目標』嗎？」

「聽您這麼一說，亞綸王子真是個無可藥救的笨蛋呢。但是，您說『一度懷疑』……意思是，您現在仍沒有打算解除對他的警戒？」

黑格爾明白，能讓自家主人說出這樣的評價，可見亞綸王子真的是愚蠢到了極點。但是法蒂娜又語帶保留，這讓他有些好奇。

「嗯，雖然我很想一巴掌就朝那個笨蛋王子的臉揮去，但只要一想到和那傢伙有關的新聞，以及當年與姐姐的照片……我還是有一種不對勁的感覺。」

「您的直覺向來敏銳……若是您這麼想，確實要繼續觀察及調查看看。不過，還是提醒一下主人，亞綸王子好歹是一國王子，您要是當真賞一巴掌給他，似乎不太好……可別把這件事鬧成國際紛爭了。」

一想到自家主人確實很可能一巴掌揮下去，黑格爾趕緊提醒。

「反正我會再觀察下去，不過我想只有從我這邊下手似乎還不夠。黑格爾，既然你也來了，應該知道我的意思吧？」

「您是說，要我藉著清潔之名，到處找看看有沒有疑似『目標』作案的線索對嗎？」

「沒錯，不然我又不需要你保護。」

「就算您不需要特別保護，我還是想守著您呀，法蒂娜大人。」

就知道自家主人始終都是如此強勢，換作是一般女人聽到他這麼說，大概早就融化了。不過，這就是她可愛的地方呢。啊啊，真想攻略下法蒂娜大人呀……

一邊想著危險的念頭，一邊著迷地看著極度想攻略的對象，這時的黑格爾又聽見自家主人開口：「除此之外，我還有一件事要交給你去調查。」

「另一件事？」

他有點意外，有什麼事情可以讓自家主人如此在意，竟然和調查「目標」同等重要？

「我是說，順勢，順便，如果你有空有注意到的話，順便幫我調查一下。」

就好像會讀心術一樣，大概也是長年和黑格爾相處的結果，法蒂娜很快就看出黑格爾內心的疑問。

「好的，那麼您說看看吧，法蒂娜大人。」

「有空的話，調查一下那個名叫『亞克』的男人。」

法蒂娜的神色變得十分嚴肅，看在黑格爾眼中，一點也不像要他「隨便」調查的樣子。

「亞克……我印象中，是和您一起入選為家庭教師的人吧？為何突然想要調查他？」黑髮青年頗為意外，很快地冒出一念頭，「該不會是，您對亞克產生了興趣……！」

「你欠揍是嗎？我怎麼可能對一個來歷不明的男人產生什麼興趣。」法蒂娜頭冒青筋地駁斥，臉色一沉，聲調更加壓低，「那傢伙——知道我的真實身分。」

黑格爾瞬間收起原本的表情，同樣警戒了起來，「是被看出來了嗎？還是……

這也是有可能的，畢竟您在國際上跟媒體上也常曝光，儘管變了裝也有機會被看穿……」

法蒂娜就直接打斷他的話，「不是這樣的，那傢伙從一開始就知道我是誰。」

「什麼？一開始就知道？」黑格爾倒抽一口氣。

「那傢伙給我的感覺就是這麼一回事。就好像，他搞不好在面試的時候，就知道我是誰了……」

「也就是說，很可能這個亞克就連參加面試都只是幌子？真正的意圖……是您？」

「我不排除這種可能，但是也很難說，總之這都得透過調查才能知道了。」

法蒂娜也曾這樣想過，甚至認為這應該最接近事實。不過，她雖然平時作風大膽，但在求證這一塊向來非常謹慎。

「我明白了，除了調查與『目標』有關的線索外，我也會幫您打探亞克這個人。那麼，若無其他事情，我這就先告退，讓法蒂娜大人早些休息……」

正當青年準備拿起掃帚離開時，手突然被拉住了。

「法蒂娜大人？」

回頭看到的畫面，正是自家主人拉著自己的手，明確地用行動挽留他。

「你……時間還夠嗎？若不現在離開的話……會被克里多發現異狀嗎？」

低著頭，瀏海陰影遮蔽法蒂娜的半張臉孔，讓黑格爾看不清她現在的表情。

實際上，在自己的手被拉住的瞬間，他不只倒抽一口氣，心跳也狠狠漏了一拍。

「法蒂娜大人……」

黑格爾愣愣地看著眼前這位隱約帶點請求之意的女人，雖然懷疑著這會不會是他一廂情願的錯覺，但最後他還是選擇相信。

無論這是否盲從了自己的主觀意識，他就是想這麼認為。

黑格爾露出一抹「被妳打敗了」的莞爾一笑，「我明白了，就多陪您一下吧，法蒂娜大人。」

不管會不會被克里多總管懷疑，既然他最心愛的法蒂娜大人都如此「懇求」自己了，他當然義不容辭。

再說……這麼千載難逢的機會，他服侍法蒂娜大人有多久了，就等了多漫長的時間，豈能放手錯過？

「克里多那邊沒關係嗎？」法蒂娜的表情似乎有點小心翼翼。

「沒問題的，克里多那邊我會想辦法蒙混。您可別忘了，我是黑格爾呀，這點小事難不倒我。」黑格爾搖了搖頭，溫柔地笑了，「再說，您就是我的第一優先，任何事物都不會影響您在我心中的首要地位。」

「黑格爾……雖然你平常很病態，但有時候說起話來還是挺中聽的。」

「呵呵，病態也好，中聽也罷，我只是單純地為了您而存在，不管旁人或您怎麼說喔。那麼，您希望我做些什麼嗎？」

「嗯，這個啊……我一時間沒想到能讓你做什麼……」

法蒂娜的腦子裡什麼想法都沒有，有些尷尬地移開本來落在黑格爾身上的目光。

黑格爾又是一臉意外，「法蒂娜大人，您什麼想法都沒有？那麼……意思是，您真的只是希望我陪在您身邊而已？」

「少、少囉唆，我又沒那麼說，誰說一定要讓你做事啊。」

被這麼一問，法蒂娜莉馬上別過頭去，明顯想要遮掩什麼，不過微微泛紅的兩頰卻出賣了她。

「啊啊……法蒂娜大人真是太可愛了。原來您是這麼地需要我，想讓我留在身邊——！」

黑格爾實在忍不住，正想乾脆一把抱住法蒂娜時，馬上被對方格擋下來。

「我後悔了，你還是滾吧。」

「別這樣，我、我收斂收斂就是了！」被法蒂娜用手掌整個壓在臉上的黑格爾，發出有些痛苦的聲音。

「哼，這樣吧，我想到你能做什麼了。幫我護膚外加消毒與按摩一下雙腿。」

在法蒂娜把手鬆開後，黑格爾終於可以重新正常地呼吸，他納悶地詢問自家主人：「按摩跟護膚可以理解，消毒是……？」

「我今天上課的時候，因為一些原因，被那個笨蛋王子摸了幾下腿。」

法蒂娜沒好氣地嘟起嘴，看得出濃濃的不悅。

反觀黑格爾，一聽到她這麼說，整個人就像警鈴大響一樣、立刻提問：「他摸了您哪裡？我馬上幫您消毒。」

「……這裡。」

法蒂娜撩起短裙，直接讓黑絲襪破口下的白皙大腿展露在黑格爾面前。

「這可不妙，看起已經被茶毒了，我絕對不容許讓那個笨蛋王子的病毒跟細菌玷汙您！」

黑格爾馬上伸出手，在碰觸之前又謹慎地徵求自家主人的同意。

「法蒂娜大人，能容許我觸碰您、替您進行消毒嗎？」

「用不著多問一次，我都說讓你這麼做了。」

有時候，她還真是有點傻眼自家執事的木頭程度。這傢伙平常病態痴狂著自己，但真的製造機會給他時，又顯得小心翼翼……該說他可愛嗎？

「那麼……黑格爾就恭敬不如從命了，法蒂娜大人。」

黑格爾嚥下一口水，隨後將雙手緩緩貼上法蒂娜的大腿肌膚，「無論我怎麼做……都可以嗎？」

「你想怎麼做？不過，不管你做什麼大概都嚇不著我吧。」

「法蒂娜大人，您的意思是，您可以放手讓我做吧？」

「我就等著看你怎麼做呢。」

法蒂娜的嘴角上揚，似乎是想以看好戲的姿態回應。

「那麼請恕我直言，法蒂娜大人……您這腿上的細菌病毒可真多。只能讓我犧牲一點，用我自己來替您清除毒素了。」

黑格爾邊看著法蒂娜的大腿，輕輕用手撫摸過這片裸露的肌膚，當事者只是笑了一下。

「你到底想幹嘛？為什麼說這種話一點都不會覺得難為情啊？很好笑耶。」

「那是因為，接下來我要做真正令您難為情的事，法蒂娜大人。」

「什……！」

法蒂娜還沒反應過來，黑格爾就將雙唇貼上了她的肌膚——輕柔的唇宛如花瓣落在雪白大地上。

「法蒂娜大人，我會用我的唇，我的溫度，掃除留在您腿上的所有髒汙毒素……」

青年的聲音瞬間充滿危險的誘惑，低沉、魔性，光聽這音色就足以讓人臉紅心跳，更別說他此刻的作為有多麼令人害羞。

就算是法蒂娜，一時間也傻住了，兩頰更是難得地快速漲紅。一意識到雙頰的熱度後，她馬上撇過頭，努力想讓自己冷靜下來。

她不斷心想，這是怎麼搞的？一開始還是她主動誘惑，怎麼現在反而是她變得如此心慌意亂？

「每一吋肌膚，我都不會放過，全都會仔細的，溫柔的，徹底的……替法蒂娜大人做足消毒。」

黑格爾低聲訴說，同時雙唇繼續輕輕掃過，讓法蒂娜感覺到若有似無的挑逗與搔癢感。

他口中的話若在平時聽起來，肯定會覺得太做作浮誇，可是在這種氛圍之下、被點燃了胸中的欲望之火後，聽在法蒂娜耳裡卻變得好似相當正常。

彷彿黑格爾的那張嘴，就是生來要對她訴說這類的情話。

「那就好好貫徹你的工作……既然做了，就要做到好，明白嗎？」

法蒂娜看著親吻著自己大腿的那名男子，無意間展現出耽溺享受的姿態。

其實，就連她也搞不明白，為何自己會縱容黑格爾到這種地步。

不，應該說，為何自己會主動設下這個誘惑，讓黑格爾侵門踏戶？

她不清楚原因，但至少很確定，這一切的開端是自己所給……以及，她確實因為黑格爾這麼做而感到愉悅，不由自主地沉浸在這種曖昧調情的氣氛之中。

是不是，在她沒察覺的時候，她的心漸漸因為黑格爾而改變了？

「法蒂娜大人，還有什麼地方需要再額外消毒的嗎？」

在溫柔又仔細地親吻過大腿的局部肌膚、甚至是那些黑絲包覆的區域後，黑格爾抬起頭來，凝望著法蒂娜。

她沒有立即做出任何回應，只是回望著青年的雙眸，在那對深邃的眼中，看到了和自己無異的欲望火光。

直到一瞬間的理性回歸、強制拉住她快脫開的韁繩後，法蒂娜這才將裙子拉好，別開目光。

「沒有了，就這樣。還是你希望我有更多地方被那個笨蛋王子觸摸到？」

「當然不希望。那麼，請恕我失禮了。」黑格爾趕緊搖頭，隨後拉開距離，「希望法蒂娜大人滿意我的消毒，若沒有別的事，我必須得先離開了，以免真的讓克里多總管起疑。」

「知道了，去吧。」

法蒂娜一手揮了揮，讓黑格爾離開自己的房間。

「呼……」在對方關上門離去後，法蒂娜面對著鏡中的自己，像是鬆了一口氣，「我今天到底是怎麼搞的啊……」

望著鏡中的自己，臉頰好像還有一點點殘留的紅潤，法蒂娜有點煩亂地摘下假髮、解開襯衫，甩了甩頭，讓原本一頭白髮搖曳而下。

「這種心煩意亂的感覺最討厭了……黑格爾，你真的太過分了，讓你長期待在身邊果然會被荼毒……」

不想再多想了——

法蒂娜就這麼用力地往床鋪一倒，此時此刻只想讓睡意蓋過所有的動搖。

The Villain Earl's
Discipline Diary

第五章

「早安，克莉絲汀。」

亞克一如往常，帶著一身清爽的笑容出現在法蒂娜的面前，腋下則夾著幾本書，看來是準備為亞綸王子上課的書籍。

「今天是你的教學日吧？我看你的笑臉大概也只能停留在此刻了。」

一見到對方，法蒂娜便不客氣地冷嘲。

「克莉絲汀小姐依然對我抱持很強的敵意呢，真是令我有點難過啊。」

在與法蒂娜擦肩而過的瞬間，亞克低聲說了一句：「明明我是那麼了解妳，福斯特伯爵大人。」

話音落下，亞克便往前踏一步，回頭笑看留在原地的法蒂娜。

「我很快就會知道你的底細，亞克。」

面無表情，不顯露任何情緒，就是擺明告訴對方，她法蒂娜絲毫不受威脅。

「我的底細？嘛，其實一點也不重要。不過，就算我這麼說，妳大概也是聽不進去吧。」亞克舉起手來，看了一眼腕上的手錶「好了，差不多到上課時間，我該去工作了。我可是沒忘和妳的賭約呢。」

「誰答應過要和你賭了，別自以為是。」

「哎，就算是這麼說，我想以妳的個性，應該也不會想認輸才對。走囉，別因為太想跟我聊天就延誤我上課的時間呀，克莉絲汀小姐。」

亞克再度邁開步伐，這回直接往亞綸王子的書房而去，再也沒有停下腳步。

「哼……我可不是那種隨隨便便就讓你贏的女人。」法蒂娜稍稍側身，冷眼看著亞克遠走的背影，喃喃自語。

夠了，別讓一個無聊的傢伙礙了事。

今天是她不用上課的日子，在這段期間，她必須好好把握這難得的自由……雖說如此，也不是完全的自由。

在踏入王宮之前，作為「克莉絲汀」的她和亞克一樣，都有簽署一份家庭教師任職專用合約。

合約基本上沒有太多奇怪的條款，大多是法蒂娜能設想到的規定，唯有一條比較麻煩。

「擔任家庭教師期間不得隨意離開王宮，若有事需外出，必須請示克里多總管」——就是這一條規定讓法蒂娜有些不滿。

不過，當時為了能順利潛入王宮臥底，法蒂娜當然也只能簽名同意。因此，導致她目前即便不用授課，也無法擅自離開王宮。但回過頭來想想，其實此番潛入就是為了調查亞綸王子，她要的情報一定也只有在宮內才可能找到。

而且，法蒂娜已經讓同樣身為臥底的黑格爾分頭調查，由他負責調查亞克，自己則專心在亞綸王子和姐姐當初的關聯上，所以也沒有出宮的必要。

趁現在亞綸必須在書房裡接受亞克的授課，雖說不知道亞克那傢伙有沒有辦法好好管住那個笨蛋王子，但至少有一段時間亞綸不會在他的寢室。

她得想辦法溜進亞綸的臥房，好好調查一番才行……

法蒂娜先是以教學準備之名，向宮中的女僕打聽了亞綸寢室的位置。女僕們不疑有他，細心地為她說明。

王宮之大，這時終於讓法蒂娜親身體會，光是為了走到亞綸王子的房間，就得花上將近半小時。

在這分秒必爭的時候，這對法蒂娜十分不利。不過她最終還是找到了亞綸王子的寢室，而且算是運氣還不錯，四周的走廊都沒有人。

她握上門把一轉，不意外，這個笨蛋王子還知道要上鎖。但這也難不倒早有準備的法蒂娜，她一邊查看四周，一邊將口袋裡的鐵絲拿出，往鑰匙孔一伸。

門鎖輕鬆撬開，再次確認四下無人後，法蒂娜迅速開門潛入亞綸王子的臥房。

輕輕地關上門，她一轉身，眼前就是與自己目前下榻房間截然不同的華麗寢室。空間寬敞，涵蓋著世人對王室的所有金碧輝煌的想像，但這對法蒂娜而言完全不是重點，也沒有什麼好在意的。

她要的，唯有線索。

時間有限，她必須快點找到有用的情報，於是第一步就是翻找各個書櫃與抽屜。

翻來翻去，確實看到許多令人覺得不悅的物品，包含許多女性的清涼照片，但真要說哪裡有問題，倒也還好。

只是這些數量如此眾多的女性照片……法蒂娜第一眼看上去就直覺有些不對勁，不過時間緊迫，她不想分心浪費。

如果今天時間充裕，或許還可以多瞄幾眼，但現在她只想快點找到亞綸和姐姐之間的關聯。

皇天不負苦心人，法蒂娜終於在一個抽屜的夾層內，看到一份用半透明資料夾包覆好的物品。裡面隱約透出幾張照片，從大致的輪廓來看，應該就是她的姐姐。

「這是……！」

法蒂娜趕緊打開資料夾，抽出其中最讓她在意的照片。

「果真是姐姐……！」映入眼簾的答案就如她所想——正是法芙娜的照片！

只是和其他存放在亞綸抽屜中的照片不一樣，許多疑點讓法蒂娜感覺事有蹊蹺。比如只有姐姐的照片用資料夾另放，再來，照片中的法芙娜也不像其他這片中的女性那樣穿著清涼。

應該說，法芙娜絕對不可能讓自己被拍到那種不正經的照片，身為妹妹的法蒂娜非常確信。

除此之外，照片中也不只法芙娜的身影，還多了亞綸。

照片中的兩人，都坐在車內。

當初在新聞上看到的……好像就是這個系列的照片？

一想到這，法蒂娜又翻了翻資料夾中的其他照片，卻只有同樣在車內的幾張速拍照。

「這到底是怎麼回事？這個亞綸，和姐姐到底是什麼關係……」

心中一種不安的感覺持續放大，促使她拿出放在資料夾內的另一張紙卡。

那是一張看起來再普通不過的名片，簡簡單單地印上了某人的名字、聯絡電話和職稱。

「中新社……西里斯記者……」

法蒂娜皺著眉頭，再把名片翻到背面一看，上面寫著一行字：記住你的作為。

她越想越覺得奇怪，但除此之外，這資料夾內沒有其他東西了。於是她先將物品收好放回原位，讓一切恢復原貌。

正打算繼續找尋其他線索，法蒂娜一轉頭，無意間注意到一張掛在牆上的畫。

畫掛得有一點點……歪。

光看就覺得哪裡不對勁，尤其是對她這樣有點強迫症的人來說，那一點點的歪斜就會讓她渾身不舒服。

加上直覺，法蒂娜總認為，這麼充滿文藝氣息的畫似乎不像是亞綸房內之物，顯得格外突兀。

她決定要仔細調查之際，忽然門外出現了交談聲：「好討厭，今天本來沒有排這件工作的。」

「沒辦法，克里多總管突然要我們來打掃王子殿下的房間，我們也只能乖乖聽話。」

房門外傳來兩名女僕的對話聲，緊接而來就是鑰匙開門、門把被轉動的聲音——

「嗯？」推門而入的女僕，發出了納悶的聲音。

法蒂娜屏住呼吸——

「什麼嘛，王子的房間也沒有多髒亂啊，為什麼還要特別叫我們來打掃？」女僕看了看房內，有些沒好氣地說道。

「誰知道克里多總管是怎麼想的呢。總之我們快點打掃吧，早點做完早點下班。」

另一名女僕聳了聳肩，隨即認分地拿起掃除工具，開始進行清潔工作。

至於法蒂娜——

她在對方進門前果斷地做出判斷，迅速躲到一處視線死角，蹲低身子等待可以溜出去的機會。

眼看女僕們已經著手打掃，法蒂娜趁機離開亞綸王子的房間，算是勉強度過了被發現的危機。

好險……

這是法蒂娜離開後的第一個念頭。

差一點點就要被撞見了，到時恐怕很難脫身，搞不好會直接丟了臥底用的飯碗。

只是實在太可惜，她總有預感，自己要找的答案就快揭曉……然而，現在也只能繼續靜觀其變，先回自己的房間冷靜下來再說吧。

回到房裡後，法蒂娜一直在想著她在亞綸臥房中看到的那幅畫，就好像心窩上爬了螞蟻，在意到不行。

這份情緒轉換為急躁，讓她不停走來走去，一手抵著下巴沉思。陷入自我世界之中的法蒂娜，就連黑格爾敲門進來的聲音都沒聽見，直到青年走到她面前呼喚：「法蒂娜大人？法蒂娜大人，您有聽見我的聲音嗎？」

「啊，黑、黑格爾？你怎麼突然來了？」法蒂娜抬起頭看到黑格爾，瞬間愣了一下。

「法蒂娜大人，我剛剛敲過門了，由於您沒有上鎖，我便先自作主張地進來了……您是在想什麼嗎？想得很入神呢。」

法蒂娜回過神來，「嗯，我今天早上潛入了亞綸的房間……倒是你，現在這時間又過來找我，沒問題嗎？不會被克里多總管或其他人懷疑？」

「請法蒂娜大人放心，我都是確認過沒問題才會過來找您。您說潛入亞綸王子的房間了，瞧您剛剛的表情，似乎是有收穫了？」

「算是有所收穫……」

但是法蒂娜臉上完全沒有「收穫」的愉快，反而出現更多糾結的神情。黑格爾感到納悶，直到自家主人說明完事情的經過，這才明白她為什麼如此悶悶不樂。

「原來是這麼一回事，也難怪法蒂娜大人您會如此在意……」

黑格爾一手抵著自己的下巴，換作是他，大概也會跟自家主人出現一樣的反應。

「我一定要再找機會潛入那個笨蛋王子的房間。我再次確認了，他絕對有很大的嫌疑，我將他設立成『清單』上的目標並沒有錯。」法蒂娜心心念念著想再進入亞綸的房間，「那幅畫肯定藏著什麼玄機……該死，要不是那兩名礙事的女僕，我現在就不會這麼難受了！」

她氣得握緊雙拳，只差沒有用力捶打而已。

「請法蒂娜大人冷靜點，只要您還擔任亞綸王子的家庭教師，一定還有機會可以潛入探查。」

黑格爾試著安撫自家主人的情緒，他可不想見到她因為太過急躁而壞事。

法蒂娜抹了抹自己的臉，「呼……其實我也是明白的，只是太過在意，想快點查清楚而已……」

她也知道自己太過躁進，必須先好好讓自己的腦袋降溫一下。

畢竟，即便現在一直去想也無濟於事，終究還是得找機會再潛入一次亞綸的房間才能確認。

「那麼，我幫您轉換一下心情吧。」

「哦？你有什麼好東西可以讓我轉換心情？」

法蒂娜的眉頭一挑，有些好奇。

「您不是要我去調查亞克嗎？雖然我沒有和您一樣順利潛入對方的房間。亞克這人不像亞綸王子那樣毫無戒心，房門除了上鎖，似乎還額外加一道密碼鎖，即便我想撬開也有難度。」

「居然會在自己的房間額外加一道密碼鎖……又不是自己的住家，一般人是不會那樣做的。很顯然，亞克有所防範，而且應該就是在防我。」

法蒂娜的眼睛微微發亮，就某方面來說，黑格爾成功轉移自家主人的注意力了。

「就算不能直接斷言是否就是在防範您，但這顯然不是普通家教的作為。」

「所以呢，你還有查到什麼？不會告訴我就只有這樣吧？」

雖然黑格爾的這則消息確時有些令人在意，不過實質上也沒有特別的幫助，依舊無法解開亞克這個人的真面目。

黑格爾微微一笑，「當然，若僅此如此，我就不敢來找法蒂娜大人了。」

「那你又查到了什麼？能抓到亞克那傢伙的小辮子嗎？」法蒂娜雙手抱胸詢問。

「我近來在清潔工的群體裡大概算是混得還不錯。所以，裡面的大哥大姐們都對我很好，而他們也是很好的『聊天』對象。」

當黑格爾這麼說時，法蒂娜露出了一抹帶點戲謔的笑。

「畢竟你是又年輕又帥的小鮮肉嘛，該不會有大哥大姐想要介紹女兒給你認識吧？」

「呵，想不到法蒂娜大人原來是會開這種玩笑的人？不過，能從您口中聽到又年輕又帥的稱讚，無論您怎麼嘲笑都值得了。」

黑格爾露出了頗為滿意的笑容，一點也不在意法蒂娜的揶揄。

「哼，你還真是一有機會就會顯現出病態痴漢的一面。」

「您也不是第一天認識我了，法蒂娜大人。」

法蒂娜話鋒一轉，把話題拉了回來，「別廢話了，快說你從那群人口中得到什麼有用的八卦吧。」

「其中有一位大姐負責打掃亞克的房間，她在跟大家聊天時提到，亞克都會固定收信，垃圾桶中大概每天都有一封信。」

「信？這年頭還有人在寫信？」

「寫信的方式固然老舊了點，但相較於電子通訊，不但不容易被駭客入侵，紙本信件只要銷毀，通常就很難復原……嘛，雖然這也是我猜測的啦。」

「嗯，你說得沒錯。亞克那傢伙，不只給房門多上一層密碼鎖，還是用紙本信件方式通信啊，是多在意個人安全與隱私……」

法蒂娜一手拄著下巴，隨後抬起頭來看向黑格爾，「那些信件都被徹底銷毀，什麼資訊都沒留下嗎？應該說，那位大媽有沒有把信撿來看？或者瞄到什麼？」

「那位大姐是個好奇心很重的人，不過她也只是收垃圾時順手翻一下。她說，信件本身都會被撕碎，所以只能從碎紙片中看到一點點痕跡。」

「也就是說，什麼內容都看不到嘛？」

「大姐說，她也很好奇是誰每天都會寄信給亞克，也很想知道信中內容都寫什麼。他們都七嘴八舌地說怎麼看都像是亞克的情人，還是祕密情人那種。」

法蒂娜聳聳肩，不以為然地說：「如果是什麼祕密情人，我還真是太高估那傢伙了。除此之外，沒別的了嗎？」

「這點我也與您的想法想同，所以後來又追問了一下大姐。她想了很久，先是說真的沒什麼內容……最後，她只有想到一樣東西，但她不曉得那是何物。」

「別賣關子了，快說。」法蒂娜催促。

「她說，好像在其中一封信中，看到一個深藍色的翅膀印章圖案。」

法蒂娜皺了一下眉頭，「深藍色的翅膀印章圖案……？」

「大姐是這麼說的，她說那大概只有一半的圖案，所以也不清楚究竟是什麼，她也沒有特別在意。」

「嗯……她不在意，但我很在意。總覺得好像在哪看過那樣的圖案……」

法蒂娜一手托腮思考，只是通常越積極地去回想，就越是難以想起。

「或許您在某個地方看過吧？」

「肯定有看過，我一定會想起來的，就算不是現在。」法蒂娜斬釘截鐵地說。

「那麼，就祝法蒂娜大人能盡快想起。對了，今天我無法久留，只能先跟您報告這些事，下午克里多總管還要召集清潔工們做加強清掃的評鑑會議，我得先去準備，先跟法蒂娜大人告辭了。」

法蒂娜揮了揮手，「快去吧，目前這樣已經算是很有收穫了。」

畢竟他現在是一個名叫「里歐」的男性清潔工，要是被人發現長時間待在女性家庭教師的臥房中，總會引起不必要的麻煩與遐想。

在黑格爾離開後，法蒂娜也沒有踏出房間。這段時間她一直待在自己房裡，不斷翻閱以往整理的相關資料。不管是為了調查亞克，還是亞倫王子與姐姐之間的關係，她希望能在過往的資料集裡找到蛛絲馬跡。

只是很可惜，她能找到的，依然是早已知道的資訊，也就是亞倫與姐姐法芙娜同在一輛車上的新聞照片。

至於亞克，比亞綸更神祕，毫無線索可循。

「對了——」突然想起什麼，法蒂娜的瞳孔瞬間微微收縮，「我怎麼都忘了——還有那一條線索啊！」

腦海裡突然出現在亞綸房內找到的名片，她喃喃自語：「那個中新社的西里斯記者……！」

法蒂娜馬上拿起電話，正準備要撥打時，猛然想到，「糟了，我忘了記那名記者的電話……」

沒想到自己居然也會犯下這等愚蠢的失誤，法蒂娜深感懊悔又有些氣憤。在這種情況下，肯定是越努力去想，越想不出個所以然，就和那個藍色翅膀圖案一樣。

看來，只能找幫手了吧。

至少，她還記得那個人的電話。那是她絕對不會忘記的、從小就一直記到現在的號碼。

電話撥打過去後，很快就聽見接通的聲音，以及那一道熟悉的回應：「法蒂娜，又有事情想問我了嗎？」

「哈，就這麼明顯？難道我除了問你事情，就不能找你約個會嗎？相馬時夜。」

「如果妳真那麼做，大概天就要下紅雨了。況且，若我沒記錯，妳現在應該在獅子心共和國吧？我想，妳是不太可能理會我的警告，應該正試圖接近……不，應該是已經臥底在亞綸王子的身邊了？」相馬時夜的嗓音低沉又斯文。

「既然你懂我，就不多閒聊了。沒錯，我現在就待在那傢伙的王宮內，當然是作為正式錄取進來的家庭教師。」

「不愧是妳，果然想要應徵什麼職位都能順利拿到。」說到一半，相馬時夜話鋒一轉，語氣變得嚴肅起來，「但我還是要再次強調，趁事情還沒有變嚴重之前，能早點抽身就盡快抽身……就算妳有千萬種理由懷疑他就是嫌犯，他也不是妳能惹的對象。」

「我自有分寸，但是你也別忘了，我也不是好惹的——尤其如果他真是殺害姐姐的凶手的話。」

法蒂娜沒有退縮，她再次重申自己的決意，以及毫無畏懼的態度。

「唉……我知道自己勸不了妳。好吧，那妳這次又想問我什麼？」

相馬時夜很清楚，他現在無論說什麼都無法阻止法蒂娜，與其讓她自己去橫衝直撞，倒不如掌握一下她目前的進度，才能更好衡量她此刻的處境是否危險。

然而，這些心思，相馬時夜是不會和法蒂娜說的。

他從不干涉她，而是選擇默默地在背後提供保護及協助。這不僅是因為他的身分無法和法蒂娜在檯面上並肩作戰，更是出自於他的溫柔。

相馬時夜想用自己的方式，守護著法芙娜留下來的、最心愛的妹妹。

「你知道有個中新社的、名叫西里斯的記者嗎？」既然相馬時夜都那樣說了，法蒂娜也沒在客氣，開門見山地問。

「中新社……西里斯……啊，妳是說專門跑八卦小報的西里斯嗎？」

法蒂娜皺了一下眉頭，「八卦小報？中新社不是很大間的新聞報社嗎？怎麼會是做八卦小報的？你有沒有搞錯啊，相馬時夜？」

印象中那家中新社可是國際知名媒體，怎麼會是相馬時夜說的那樣？

「妳不常跟媒體記者們交涉吧？我們做國際刑警的，常常得跟他們來往。雖然中新社確實如妳所說，是一家聞名國際的大報社，但是他們旗下也是有幾間分支出去的小報社，其中一間就是專門報導名人八卦。」

相馬時夜細細解釋，「妳剛提到的西里斯，就是中新社旗下八卦小報的記者。如果妳是看到他的名片上印中新社，那也沒什麼好意外的。他們喜歡自抬身價，只要報上母公司的頭銜，就會更方便採訪。」

「唔，我確實是增長見聞了……總之不管那傢伙到底是不是專報八卦的記者，如果說真的是，對我來說可能更好處理一點……你能給我他的聯絡方式嗎？」

「要一個記者的聯絡方式不難，但我要先了解，妳為何想要聯絡西里斯？該不會和法芙娜有關？」

法蒂娜聳聳肩，「你這不是明知故問嗎？」

「法蒂娜，我是不清楚妳為何查法芙娜查到這名記者身上……但我還是要提醒妳，一定要多加小心。」

「相馬時夜，你就這麼怕那個亞綸王子？你難道不知道，那傢伙就只是個好色的笨蛋而已嗎？」

她真的不了解，自己所接觸的亞綸，到底有什麼地方讓相馬時夜如此小心慎。

「問題不是出自於亞綸王子身上……」

「不是出於他身上？那又是出在誰身上？」

法蒂娜正想追問下去，就聽見對方話題一轉：「妳手邊有筆跟紙嗎？不是想要西里斯的聯絡方式？我找到了，現在就念給妳聽。」

「等我一下……好了，你可以說了。」

她也大概察覺到，相馬時夜沒有很想再繼續深入方才的話題，目前還是先拿到記者的聯絡方式比較重要。

只要連絡上西里斯，對方作為一名八卦小報的記者，難道會難挖新聞跟線索嗎？

法蒂娜總有一種直覺，她能夠在西里斯身上得到新的情報。

寫下對方提供的聯絡方式後，法蒂娜將筆暫且擱下，「相馬時夜，謝了。雖然我不是很想這麼說，但你總是給予我不少協助。」

她向來不喜歡與人言謝，這世間沒有太多事情值得感謝。親眼見過地獄的景象後，她就對這個世界失望大過於希望。

如果這世上還有什麼可以讓她心懷謝意，除了黑格爾，就是相馬時夜了吧。

相馬時夜的聲音比平時還溫柔，卻帶點感傷：「實際上，我更希望能給妳不一樣的協助。我想……倘若能用更直接的方式，好比待在妳的身邊，與妳一同並肩作戰，這會是我更期望的行動。」

「你覺得，我有那麼需要被人守護嗎……我看起來是那麼脆弱的人？」法蒂娜眼簾低垂，語調也跟著沉重起來。

「妳誤會我的意思了，我只是希望能有更多機會、更多時間，待在妳的身邊支持著妳。」

「這種話，好像你也曾經跟我說過。而我，也再問你一次……你到現在，究竟是以什麼樣的心態對我說出這樣的話？」法蒂娜直接挑明地說，「你是以姐姐的前未婚夫身分關心我？還是……純粹以相馬時夜的立場來支持我？」

當她問出這句話時，兩人之間的空氣彷彿瞬間凝結。沉默的時間拉長，讓她呼吸的每一口氣都充滿霜寒。

「我……」過了許久，才從相馬時夜的口中，聽到這一個字。

法蒂娜笑了，短促的一聲。她閉上雙眼，在對方看不到的情況下，露出一抹苦澀的笑。

「過了這段時間，你還是回答不出來啊。真是令我失望呢，相馬時夜。」法蒂娜搖搖頭，嘴上依然懸著苦笑，「你明知道這問題對我的重要性，我也問得如此直接，你卻始終沒有辦法給我答案。你說，這樣是不是很過分？」

「法蒂娜，我實在是……」

相馬時夜彷彿有苦難言，吞吞吐土的說話方式，一點也不像他平常充滿自信的沉穩模樣。

法蒂娜深吸一口氣，「我忘了有沒有跟你說過，但趁這次機會，我就再跟你說一次吧。」

她是個不喜歡模凌兩可的人，與其繼續讓相馬時夜這樣說不清，她決定給對方一個明確的選擇。

「如果你只是因為可憐我，出自於對姐姐的虧欠而想代替她守護我，那這種心意我不需要。我就算是只有一個人，哪怕這世界上只有我一個人，在復仇與找出真相之前，我都不會倒下，會拚了命地咬牙支撐下去。」法蒂娜頓了頓，「但是，如果你是出於別的心態……你是真心想為『我』而付出，純粹只是想支持我，而不是懷著對於姐姐的愛或罪疚感的話……」

說到這邊，她深吸一口氣，再緩緩吐出原本要說的話：「那麼，我可以欣然接受。所以，你現在也不用多想什麼複雜的理由，就只要告訴我——你是為了我，還是為了姐姐？」

電話另一頭再度陷入沉默。

「我都說到這個地步了，相馬時夜，你不要再讓我失望。如果是我身邊那個病嬌痴漢，完全不用考慮就能說出答案了吧。」

法蒂娜的腦海裡浮現黑格爾的身影，那傢伙就是這麼痴心向著自己，就算法蒂娜想無視都很難做到。

可是，偏偏她就是放不下相馬時夜，放不下這條明知可能更難走的路。

她從小就對相馬時夜有好感，是那種男女的情愫，可是自從得知他被定為姐姐的未婚夫後……她只能將這份青澀且難以啟齒的情感，放進內心最深處的抽屜，上鎖，封存。

不能表現出來。

尤其是當年看到姐姐跟相馬時夜是真心相愛，姐姐最大的夢想就是長大後和他攜手步入禮堂。

要不是那一場惡夢破壞了一切……現在，她大概已經看到姐姐和相馬時夜成為了夫婦，或許說不定還有了孩子。

而她，也不至於變成這副充滿復仇之火、面目可憎的模樣。

本想她把這些念頭、情感，全封存在內心深處，直到哪天揪出殺害姐姐的凶嫌、完成復仇後，再來處理面對。

然而，相馬時夜總是一次又一次用這些曖昧不明的態度、以及說者無意聽者有心的言語來侵擾她的心……法蒂娜再也不想忍耐了。

雖然她其實連自己究竟是否依然喜歡著相馬時夜，也無法百分百確定。總覺得，一部分的心開始被黑格爾拉了過去……

若真要法蒂娜做個比喻，她覺得自己就像一座天秤，過去放在上頭的法碼只有相馬時夜。

另一端，是空的。

但是，這幾年來……尤其是在她展開復仇後的這段日子，不知何時，天秤上悄悄地多了一個名為「黑格爾」的法碼。

即便多了一個黑格爾，原先天秤還是呈現一面倒的情況，但黑格爾卻像無聲的戰士，默默地侵占了領地、增加了重量，在法蒂娜沒有察覺的時候，已經漸漸和相馬時夜等重了。

法蒂娜知道自己這樣不好，她本該專心復仇、找出凶嫌，可是情感也非人為能控制。

無論是相馬時夜，還是黑格爾，都緊緊地吸引著她的心，使她無法不去面對。

她想早點從這複雜的情感漩渦裡抽身，所以才會對相馬時夜說出那樣的話。

法蒂娜想要盡早得到一個答案。

倘若相馬時夜對自己的關懷，都只是架構在對於姐姐的情誼之上，那麼她寧可不要。

就算會心痛，哪怕得承受難以想像的痛楚，也要一刀兩斷。

過了許久，相馬時夜終於開口：「法蒂娜，如果，妳真那麼希望從我這邊得到一個答案的話……那麼，我……」

法蒂娜有些緊張，雙唇顫了一下。

不過最後還是強作鎮定，深吸一口氣，讓自己盡量平靜心緒。

「說吧，我會把你說的每一個字都聽進去。」

「法蒂娜，其實我……」

對法蒂娜來說，每一分每一秒都相當緊繃，彷彿全身的血液與神經都凍結，就為了等候相馬時夜的答覆。

「法蒂娜，我對妳……」

「克莉絲汀老師，妳在房裡嗎？」

門外傳來稍微用力的敲門聲以及詢問，打斷了這一切。

「有人來了，算你好運，下次一定要給我一個答案，別再拖泥帶水了。」

法蒂娜沒好氣地掛上了電話，縱使她心裡有多麼不想結束。

就差一點點了，明明就差一點點就可以知道相馬時夜的心意……該死的克里多總管，什麼時候不來，偏偏這時候來亂。

儘管心裡充滿各種不悅和不滿，法蒂娜還是得繼續偽裝成「亞綸王子的家庭教師克莉絲汀」前去應門。

「請問有什麼事嗎？克里多總管？」推了推黑框眼鏡，法蒂娜納悶地詢問。

「我想向克莉絲汀老師確認一件事，能否請妳移步到外頭跟我談一下？」

克里多總管似乎不管何時都板著一張嚴肅的臉，這讓法蒂娜覺得這傢伙的出現絕無好事。

「沒問題，請問是想向我確認什麼呢？」

對方都這樣開口了，法蒂娜哪還有拒絕的餘地，當然只得暫且離開房間，走到克里多總管面前。

「我們收到消息，克莉絲汀老師，聽聞妳和我們其中一名男性清潔工走得很近？」克里多總管直接開門見山地說。

法蒂娜一時間有些意外，但她沒有流露出驚訝的情緒。

她裝作更為困惑的模樣反問：「清潔工？怎麼會？我跟誰呢？到底又有何證據這麼說？克里多總管，你應該明白，這種話可不能亂說，尤其是對一名從事教育事業，而且還是教育亞綸王子的女性家庭教師。」

這傳聞到底是如何被傳出去的？照理來講，黑格爾應該處理得很好才是……不過，果然也不能小看王宮內的人。在這華麗又僵化的鳥籠內，生活在此的人們，一舉一動確實很容易被注意與放大。

「這我不能說，但是有人表示看見妳和某位男性清潔工似乎往來頻繁……根據情報來源，好像是見到那位男性清潔工從妳房裡走出來。」

「克里多總管，請恕我直言，這不是很正常的事嗎？我大概知道你說的是哪一位了，但那位清潔工不也是你派來打掃我房間的嗎？」

法蒂娜又把問題丟了回去，她要讓克里多知道，自己可沒那麼容易被懷疑。

不過，看來讓黑格爾常來房間找自己，確實不是長久之計，果然就被有心人看到了呢……

「確實是有幾次是我讓他到妳房裡進行打掃，但是看到的人表示，該名清潔工從妳房裡出來的表情似乎有些不對勁，讓人起疑。」

法蒂娜笑了，「表情不對勁？起疑？克里多總管，我想你也是在王宮內擔任總管多年了，就這點形容便能懷疑一個人的操守？不對勁這種形容，很主觀吧？你要怎麼知道提供情報的人所言為真？」

「關於這點，我日後會再查證。」

「克里多總管，我就再跟你直言了，有些話可不能亂聽亦不可亂說。我不曉得是誰在放這種風聲，我想，對方是不是不希望我待在宮內？言盡於此，我相信克里多總管會明智地做出判斷。」

「實際上，此次告知妳，是希望克莉絲汀老師能多僅慎注意。就算只是我們誤會，但可能還是有讓人議論之處。身在宮內，仍需多加注意。那麼，打擾了，還請早點休息，明天輪到妳為王子殿下授課了。」

克里多總管說完這番話後，向她欠了一身，隨後就板著那張彷彿萬年不變的臉大步離去。

法蒂娜收起本來的神情，沒好氣地想轉身回自己房裡。

「哎呀，這不是克莉絲汀小姐嗎？怎麼一臉不悅的樣子呢？」

就在法蒂娜即將推開房門之際，又聽見另一道叫著自己的聲音。瞬間，她何止一臉不悅，還皺緊了眉頭，轉頭看向出聲者。

「是你吧——亞克。」

「是我，當然是我呀。等等，妳說的……是指我跟克里多總管通風報信嗎？」

亞克挑起眉頭反問。

「不然呢？除了你還有誰會如此無聊？」法蒂娜冷冷地質問。

「真是誤會大了，克莉絲汀小姐。我可沒那麼無聊，況且我也是現在才知道原來有這件事呢。」

亞克搖搖頭，一臉無辜，但法蒂娜就是無法相信他的說詞。

「怎麼不是你？別裝了。如果你能用這種下三濫的傳聞來打擊我，讓我被迫離開王宮、辭掉亞綸王子的家教，你不就贏了嗎？」

法蒂娜雙手抱胸，毫不掩飾自己懷疑的眼神。

「我說真的，這種小道消息還真不是我會做的事。我要的，是正大光明打敗妳，讓妳徹底輸得心服口服。因為我瞭解妳，心性高傲的克莉絲汀小姐，就算我用這種手段贏過妳，妳也不會心甘情願臣服於我。」

亞克走近法蒂娜，突然伸出一手，將法蒂娜困在牆邊。他將俊臉靠近對方，壓低嗓音曖昧地說：「我要的是妳承認輸家身分，好好地與我約會一場……妳說，我講得對不對，福斯特伯爵大人？」

亞克的雙眼直直地凝視著法蒂娜，呼吸的熱氣，若有似無地吹拂在她臉上。

法蒂娜沒有逃避對方熾熱的目光，她早就習慣男人們用這種視線注視著自己。

或許，亞克說得沒錯……

她多少也算了解這種充滿征服欲的人，他方才說想讓自己徹底輸得心服口服，這絕非假話。所以，亞克也就不會用這種骯髒的手段勝過自己……

法蒂娜推開亞克，冷冷地說：「暫且解除你的嫌疑，但只是暫且。這不表示你已經洗清嫌疑了。」

「呵，我就知道妳是個明理人。不過，關於克里多總管說的事情，需要我幫忙嗎？」

「你是能幫什麼忙？」

法蒂娜冷漠地瞥了亞克一眼。

「當然是幫妳洗清嫌疑囉。」

「就憑你？你會有什麼好方法。」

法蒂娜再度質疑起眼前這個有些輕浮的男人。

「這個嘛，只要換與我傳出緋聞，就會自動洗清妳跟那名清潔工的嫌疑了。再說，兩名家教都是同事，男未婚女未嫁，在工作之餘情難自禁、陷入熱戀，如此合情合理的發展，相信大家是不會說閒話的。」

亞克說得很認真，但聽在法蒂娜耳中只是輕挑的玩笑。

「我寧可跟清潔工有嫌疑、甚至假戲真做，都不想跟你鬧緋聞。」

說得斬釘截鐵，毫無讓亞克轉圜的餘地，隨後她直接轉身進房，甩上自己的房門。

被法蒂娜毫不賞臉地留在原地後，亞克刮了刮自己的臉頰，笑了。

「哎呀呀，真是難攻略的冰山美人啊……不過，我大概越來越明白，為何我那好友曾對妳如此深情了……」

The Villain Earl's
Discipline Diary

第六章

法蒂娜偽裝成「克莉絲汀」、以家庭教師的身分潛入王宮臥底，已經過了三週。

至今，除了上次在亞綸王子房裡看到的線索，還未有新的斬獲。

她開始感到有些不耐煩，感覺調查亞綸王子似乎比預期還棘手。首先是王宮之內處處都有眼線，尤其是經過上回克里多總管對她的「告誡」後，法蒂娜和黑格爾之間便大幅減少碰面的機會。

除此之外，從相馬時夜那邊得到西里斯記者的聯絡方式後，法蒂娜也試著聯絡對方好幾次，就是始終無法接通電話。

一度還以為自己是不是抄錯了號碼，但再次向相馬時夜確認後，也排除了這個懷疑。

只不過，由於那天實在太過匆忙，當下也沒有合適的時機跟氛圍，即便再度與相馬時夜說到話，法蒂娜也沒有提起之前的問題……

或許，她自己後來也有點逃避吧，不想太快面對相馬時夜的真正心意。

回歸現實，法蒂娜對於這連番受阻感到滿腔的不悅，但是又只能強忍著這股氣，繼續扮演「克莉絲汀」這個角色。

「不能再這樣毫無突破下去了，簡直是浪費我的生命……」法蒂娜喃喃自語著，收拾好今日要授課的教科書，「今天，我一定要打破現狀。」

她深吸一口氣，目光篤定地看著前方。

下定決心後，法蒂娜知道自己必須再次進入亞綸的房間。

她要查出那幅畫的祕密……法蒂娜的直覺告訴她，那幅畫絕對有貓膩！

做好這份打算，法蒂娜邁步走向亞綸王子的書房。

亞綸王子一如既往地坐在書桌上等著她，依舊一臉乏味。

「吶，克莉絲汀老師，我都乖乖配合妳好一段時間了，妳能不能來點新花樣？再這樣下去，那個本來我覺得很無聊的亞克，都快比妳有趣了。」

亞克一手托著自己的臉頰，露出了百無聊賴的表情。

「嗯，那正好，我也正有此意。」

「什麼?所以妳打算玩點新花招嗎？」

亞綸王子的眼睛立即一亮。

「王子殿下，今天要不要換個地點學習？」

亞綸的臉色立刻一垮，「啊？換地點？我還以為妳要提出什麼新玩法呢……原來只是換地方而已啊？什麼戶外授課陶冶性情那種我可不買帳喔。」

「王子殿下，你的想像力真是不夠呢。這陣子和我接觸下來，就認為我是走那種傳統套路的人嗎？」法蒂娜只是平淡地反問。

亞綸王子皺了一下眉頭，好奇地問：「不然妳要換去什麼地方上課？」

法蒂娜走向他，一手插腰，另一手推了一下眼鏡，鏡片折射出一道鋒芒。

她勾起抹上豔麗顏色的唇角，語氣曖昧地對著她的學生說：「今天，就、到、你、的、房、間、吧。」

話音落下，她湊到對方的耳邊，刻意地吹了一口熱氣。「呼」的一聲，輕輕的，柔柔的，若有似無的挑逗頓時讓亞綸全身一顫。

「怎麼樣，要不要接受這個提議？」法蒂娜拉開和亞綸之間的距離，笑笑地問道。

「妳、妳是認真的？到我房間教學？妳該不會只是純粹換個地方卻換湯不換藥吧？」

頻頻吞嚥口水，亞綸的臉頰紅潤，他當然知道這位克莉絲汀老師正在誘惑著自己。可他總覺得沒那麼簡單，怎麼會突如其來對自己提出這種邀約？

「王子殿下，你還真是不乾脆呢，想那麼多的男人，可不受女人歡迎啊。」

法蒂娜聳了聳一邊的肩膀，故意擺出無聊的表情。

被這麼一說，亞綸有些小小的不悅，「唔，所以妳當真？但、但我就是不怎麼相信妳啊。」

「王子殿下原來是這種生性多疑的人……再一次讓我感到有些失望呢。我啊，本來的興致都快被王子殿下磨光了。不然，就當我沒有這提議吧？」

法蒂娜的臉色一冷，轉過身好似要走了一樣。亞綸見狀趕緊一手拉住她。

「去吧！就直接去我房間！」

「哦……？王子殿下確定？不是說不相信我嗎？」

能從抓著自己的力道感受到，對方似乎是真的著急了。法蒂娜表面上維持一副高冷的姿態，心底卻在竊笑。

——這小子上鉤了。

「我就信妳吧！反正到我房間我也不吃虧嘛，哈哈。」亞綸連連點頭，最後還笑了兩聲，「倒是克莉絲汀老師，妳可別以為到我的地盤就能隨便敷衍啊。」

雖然亞綸沒有真的全盤相信，不過就算克莉絲汀沒有如他預期一樣「玩很大」，人在他房間，多少還是可以讓他得到一點「樂趣」吧。

「我之所以會提出這樣的建議，當然是早有準備了。對了，為了讓王子殿下更有興致，我就再請你幫我一個忙。」

「哦？說吧，是什麼？」

法蒂娜突然的請求令亞綸有些意外，畢竟這個克莉絲汀老師可是一直給他高高在上、從不低頭的姿態啊。

加上，聽到對方提到這是為了要讓自己更有「興致」，就讓亞綸更加好奇了。

「今天在王子殿下房裡授課的時候……請你下令讓外人，不，任何人都不得進房打擾。這樣，你做得到嗎？」

亞綸一臉喜出望外，「哈，這有什麼難的？當然沒問題。我還以為這句話會是我跟妳說的呢……」

他本人才是最不想被打擾的吧？

沒想到居然是對方先提出，看來這個克莉絲汀還真打算跟他玩點什麼……

亞綸一邊想，一邊嘴角上揚，完全守不住暗自竊喜的情緒。

法蒂娜收拾好授課之物，微微笑著對亞綸說：「既然王子殿下都這麼答應了，那就好辦了。那麼，現在就起身到殿下的房裡吧？」

「走吧，我可是迫不及待了。」

亞綸立即起身打開書房房門。沒想到一開門，就見克里多總管一臉意外地站在門口。

他先是一愣，再看向亞綸身後的法蒂娜，最後納悶地詢問自家王子：「王子殿下，您應該才剛要開始上課而已，怎麼現在就出來了呢？」

亞綸王子也不像要去如廁，否則後頭不會跟著本該授課中的克莉絲汀。以克里多總管多年盯梢王子的經驗來看，肯定是另有目的。

「克里多總管，今天克莉絲汀老師說，為了增加我努力用功學習的動力，我們要到其他地方去授課。」

面對克里多總管，亞綸的語氣非常稀鬆平常。

克里多總管蹙起夾帶灰白的眉頭，「請恕我再向王子殿下請教一下，您是打算移駕到何處進行授課？」

亞綸不耐煩了，「克里多總管，你會不會問題太多了？」

「失禮了，但我還是想了解一下，若是殿下不願說，我也可以直接詢問您身後的克莉絲汀老師。」

即便可能會惹王子生氣，克里多總管仍就堅持。

亞綸的臉色越來越難看，索性直接說出口：「直接到我房裡教學——這樣你滿意了吧？」

他顯得很焦急，因為他一點也不想讓克里多繼續耽誤他的時間！

他可是期待了這麼久，好不容易終於能把克莉絲汀這女人帶到房裡，而且還是對方主動邀約！

雖然他也想過這麼說克里多可能又會有意見，但他不想再磨蹭了，只想早一點和克莉絲汀離開這無聊的書房！

「到您的房裡？王子殿下，這恐怕有些不妥……」

「少囉唆！你是不樂見我好好念書是不是？若是我從此對讀書毫無興趣，就把這個罪怪在你身上！」

一股肝火直衝上來，亞綸王子爆氣地對著克里多總管大吼，一旁經過的女僕們都愣住了，看了幾秒後才低頭快步離開。

「王子殿下……」

「讓我來吧，王子殿下，由我替您向克里多總管說明。」

旁觀的法蒂娜覺得這樣下去不是辦法，讓亞綸出面可能只會讓事情更難以收拾。她走上前，朝亞綸安撫一笑，接著轉向神情嚴肅的王室總管。

「克里多總管，是我提議要轉換地方讓王子殿下學習，根據我過去這段時日對王子殿下的授課觀察，殿下在書房裡學習反而容易集中力不足，很難進入狀況，學習力只會剩下五、六成左右。」

「所以，妳就提議要到王子殿下的房裡進行教學？妳確定這麼做有幫助嗎？」

克里多總管依然一臉狐疑，他怎麼可能如此輕易就相信這種說詞。

「我能理解克里多總管你的懷疑，但是這不過是一個簡單的轉換場地教學，若是能因此提高王子殿下的學習效果，不是很好的一件事嗎？加上，這也不會對王子殿下帶來任何安全上的疑慮。」

法蒂娜一邊說，一邊觀察克里多總管的反應，眼看對方似乎還是沉默不語，她看了一眼旁邊的亞綸，隨後補上一句：「還是說，克里多總管打算違抗王子殿下的命令？繼續在這邊消耗他寶貴的授課時間？」

在法蒂娜接二連三的勸說之下，克里多總管終於嘆了一口氣，鬆口道：「那就這麼做吧……但克莉絲汀老師，這不是因為妳說服了我，而是為了王子殿下。」

克里多總管冷眼瞪著她，深深蹙起的灰白眉頭中有著濃濃敵意。但法蒂娜可不管這麼多，也不怕對方能對自己怎樣。

「感謝克里多總管的理解，那麼我們這就移轉場地教學了。」

「真是浪費我的時間，克莉絲汀老師我們走。」

亞綸王子冷哼一聲後，就丟下克里多總管一人轉頭離去。

在前往亞綸王子房間的路上，法蒂娜恰好看見似乎是碰巧經過的黑格爾，兩人迅速眼神交會一下後，就各自若無其事地將目光投向前方。

終於來到王子的寢室門前，法蒂娜默默地深吸一口氣。她花費心力轉移陣地都是為了這一步——再次進入亞綸的房間、調查那幅畫的祕密！

她有預感，這次將會有所斬獲！

「進來吧，克莉絲汀老師。」

一分鐘前還對克里多總管臭著臉的王子，此刻已經換上笑容，情緒毫不遮掩。

在亞綸開門之後，法蒂娜跟著走入房內，一進門，就聽見門上鎖的喀嚓聲。

「好了，克莉絲汀老師，這下不會有人來打擾我們了。」亞綸笑得燦爛，意圖十分明顯，「今天，我們要在房間裡上什麼課呢？希望是有趣的『貼身』教學啊。」

一邊說，亞綸一邊意有所指地將瞄向他的大床。

「別急，王子殿下。現在還有一個小時左右的時間，我們可以慢慢地授課。」

法蒂娜當然看得出亞綸在期待著什麼，這同時也是由她一路誘惑主導的成果，因此她一點也不擔心對方接下來的意圖。

「克莉絲汀老師，妳該不會一進來就後悔了吧？我可是先把醜話說在前，是妳開的頭，既然來了就別想輕易就離開喔？」

亞綸的嘴角彎起一抹邪佞的笑，以一個年輕的王子來說，似乎和他的王室形象有所不搭。但是，好在於他還有一張稱得上英俊的臉龐，即便這麼笑著，還算得上是可以入眼。

「我當然清楚，若非如此，我怎麼會主動提出這個意見呢？倒是王子殿下，你就別想太多了。與其傻愣愣地待在那邊……不如先去洗個澡如何？」

法蒂娜曖昧地笑了笑，當著亞綸的面，慢慢地解開自己白色襯衫的鈕釦。

「噢，原來是這樣嗎！哈哈，真是不錯，不枉費我一定要保妳成為我的家教！克莉絲汀老師妳很識相嘛！很有心啊！」

看著法蒂娜挑逗地撥開襯衫的第一顆鈕扣……再來是第二顆，亞綸立刻兩頰漲紅，彷彿可以從那雙眼裡看到熊熊的欲望火光，烙鐵般印在那對雪白的柔軟之上。

「所以，王子殿下是不是該……」法蒂娜暗示地將視線投向房內的浴室。

亞綸的臥房內就有一間專屬的沐浴間，透明的門扉可以直接看到裡頭的大型浴缸，不愧是王子的房間，就是這般奢華。

「沒問題，等我！」

亞綸點頭如搗蒜，隨後撲進浴室，光上淋浴間的霧玻璃門。

「真的不急，我們以後也還會有時間，王子殿下請好好享受呀。」

直到聽見彷彿要蓋過一切的響亮水聲，霧氣徹底隱蓋王子的身影。法蒂娜這才迅速行動——她立刻來到牆邊，開始仔細觀察這幅畫。

表面上，這幅畫似乎沒有什麼異常，長方形的畫吊掛在牆上，畫中是一幅肖像。從神韻衣著來看，大概就是亞綸王子本人。

法蒂娜不懂藝術，所以對這幅畫本身毫無感覺，尤其畫中人物是亞綸，她更不感興趣了。

她在意的是這幅畫給她的怪異直覺。

明明只是一幅畫，但總覺得……就是哪裡不對勁。

法蒂娜伸手觸摸，從畫框到畫作本身，摸起來似乎沒什麼奇怪的地方。再輕輕地把畫作本身往前拉動，想看看畫的背後是否藏著什麼玄機，結果依然是一面米白色的牆，什麼也沒有。

「難道是我的直覺錯了嗎……」法蒂娜暫且將畫回歸原狀，一手托著下巴喃喃自語。

她都已經做到這一步、用盡手段來到這裡，都進到虎穴之中豈能空手而回？就在苦惱之際，浴室裡又傳來亞綸王子的聲音：「克莉絲汀老師，妳比較喜歡哪種香味？我在猶豫要選哪一種沐浴乳呢。」

法蒂娜翻了個白眼，反正現在那傢伙又看不見，「什麼味道都可以，選一個王子殿下喜歡的就好。」但聲音還是裝得十分溫柔期待。

「克莉絲汀老師，妳會不會太不挑啦？還是妳其實根本沒有用心在我身上？」

沒想到亞綸居然這麼反問自己，當下她真是超想衝上去一拳打暈他。

——她本來就沒有心在你這笨蛋好色王子身上好嗎！

要不是為了搜查，她法蒂娜三輩子都不可能來主動誘惑你！

氣到想直接把一國王子滅口、乾脆引起國際戰爭的法蒂娜，不斷努力強迫自己大口呼吸，試著冷靜下來，否則她真會手刀衝過去宰了對方。

「克莉絲汀老師？克莉絲汀老師妳有聽見我說的話嗎？」似乎在苦等法蒂娜回

答的某王子，暫且關掉水龍頭，疑惑地揚高聲調。

「忍耐……法蒂娜妳要忍耐……」

法蒂娜咬牙切齒地小聲催眠自己，過了幾秒，終於勉強擠出比較正常的聲音：

「怎、怎麼會呢，王子殿下你真是多心，我只是覺得凡是王子殿下喜歡的味道，我一定也會喜歡。因為，你可是尊貴的王子殿下，品味自是與眾不同。」

「哈，這樣啊，那我知道了，克莉絲汀老師妳就期待一下吧！」

亞綸王子似乎大感滿意，再度轉開水龍頭，讓吵雜的水流聲環繞整個房間。

「這傢伙就算不是凶手，我也要找機會讓他難看……」眼看似乎是暫且過關了，法蒂娜鬆了一口氣，立刻記恨地低聲說道。

不過怨念歸怨念，法蒂娜還是得快點把握時間，找出這幅畫的玄機之處。

她相信自己的直覺，不死心地繼續摸索這幅畫，最後終於在畫框邊界察覺到一點點微妙的異常觸感。

「這地方……好像有些奇怪……」

法蒂娜蹙起眉頭，認真地盯著該處，同時用手指輕輕地敲了敲。果然，聲音聽起來就是跟其他地方不同，敲起來像是中空的感覺。

為了更進一步確認，法蒂娜再三摸索這塊區域，直到她發現可以用指甲稍微撬開外頭的一片小木板。

「我就知道……！」

小木板一拿起來，法蒂娜就在裡面看到一個窄窄小小的夾層，而這夾層中似乎藏著一張紙！

一見到裡頭暗藏玄機，她便努力試著要把紙張取出，只是夾層太窄小，即使手指纖細如她，也實在很難勾到。

同時，待在浴室裡的亞綸似乎已經洗得差不多了，原本吵雜的水流聲停住，這讓情況更加急迫。

法蒂娜不斷心想，她怎麼能在這邊停下？

好不容易，好不容易終於證實了自己的猜測，很有可能就是證物的東西就擺在眼前，她豈能就此放過！

為了爭取時間，法蒂娜急中生智，抬起頭來對浴室裡的亞綸嬌聲喊道：「王子殿下，記得要多擦乳液喔……我可不喜歡摸起來太乾澀的肌膚呢，從頭到腳都不能遺漏，知道嗎？」

「這倒是，妳放心吧，這種小事我當然不會遺漏。」

得到亞綸的回覆後，法蒂娜趕緊先放下手中的畫，試著找到可以取出紙張的工具。

對了……她的包包裡應該有那樣東西！

法蒂娜快步走向自己放在另一張沙發上的包包，迅速在其中翻找，取出一根小小的黑色髮夾。

下一秒，她立即返回畫作旁，開始用髮夾挖取夾縫中的紙張。

「哼哼哼，克莉絲汀老師，我快出來囉……妳期待嗎？」

浴室裡再次傳來亞綸的聲音，法蒂娜深吸一口氣，緊張的情緒不在話下。她不能就此錯過，絕對！

「克莉絲汀老師？妳有聽到嗎？我要出來囉……」

已經穿上白色浴袍、繫著寬鬆腰帶的亞綸，從浴室裡走了出來——

「克莉絲汀老師——妳在幹嘛？」亞綸困惑地眨了眨眼，納悶地問。

「王子殿下看不出來嗎？我這是在整理頭髮呀。」

法蒂娜翹著長腿，坐在沙發上，雙手高舉，其中一手拿著髮夾，另一手則提高頭髮以防鬆脫。

「哈，我是不太了解妳們女人這些妝髮的事。」

亞綸笑了一聲，拿起放在香檳桶裡冰鎮的紅酒，倒入剔透的酒杯中。

法蒂娜只是輕輕一笑，不過實際上她真是有驚無險！

再慢個幾秒，她大概就會被亞綸當場抓包，好在她及時用髮夾取出紙張，並且迅速地將畫重新掛上……唯一出錯的地方，在於那張得來不易的紙。

由於太過急迫慌忙，她還來不及收好，那張薄薄的小紙條就這麼不小心掉到她目前所坐的沙發底下！

本想趕緊撿起，但時間是殘酷的，才剛坐下就見到亞綸已走了出來。若是被亞綸撞見她拾取的動作，肯定會引起懷疑。

看樣子，她只能藉機行事了。但無論如何都一定要把那張紙拿到手才行，否則一旦被亞綸發現，事情絕對會變得相當棘手！

「那麼，我都已經洗好了，克莉絲汀老師妳打算接下來怎麼做？」

在法蒂娜思考著該如何行事時，亞綸王子一臉輕鬆自若，慵懶地坐到另一張結實的躺椅上，敞開的浴袍領口露出意外精實的肌肉線條。

「王子殿下，我記得你有一種特別喜歡的遊戲吧？」她端出笑臉，曖昧地笑著問道。

雖然心裡對那張紙在意的不得了，但面對這個隨時可能發現不對勁的男人，法蒂娜也不敢掉以輕心。

「什麼遊戲？我說克莉絲汀老師，妳又想出什麼花招？」亞綸皺起眉頭，起身逼近沙發上的金髮教師，「妳可別一直吊我胃口哦？都到了這個地步，可別再耍花樣了，克莉絲汀。」

他挑起法蒂娜的下巴，拇指摩挲著細緻的肌膚。這句話除了曖昧挑逗，還包含著更多的脅迫。

「我怎麼敢在你的地盤上耍花樣，王子殿下。」

面對亞綸，法蒂娜沒有怯意，保持著原本的柔媚神情。

「很好，希望妳好好記著自己這句話，克莉絲汀老師。」

亞綸的嘴角勾起一笑，冷不防地將法蒂娜壓倒在沙發上。

「所以現在，我們是不是該開始了？該讓我好好品嚐一下克莉絲汀老師的滋味了吧？」

亞綸用身體壓著法蒂娜，一手將她的髮夾拆下，一頭長髮就這麼甩動散開。亞綸抓起一綹長髮放到自己的鼻前，細細品聞著。

「克莉絲汀老師的髮香，真是迷人呢。」

「是嗎？還真是謝謝王子殿下的不嫌棄。」

法蒂娜略為僵硬地笑著，她現在其實擔心的是……這可是一頂假髮啊，這傢伙突然拿下其中一個用來固定的髮夾，她真怕待會一個不小心整頂就掉了下來……

這麼一來可就是最蠢的狀況了！

「真香，都快分不出是我自己身上剛洗好的香味，還是妳身上散發出來的氣息了。」

亞綸閉上雙眼，埋在法蒂娜的頸間深深地吸聞，露出相當愉悅沉醉的表情。反觀法蒂娜，她只焦急著自己岌岌可危的假髮，以及此刻仍在沙發底下的那張紙。

「克莉絲汀老師……」

沒有注意到法蒂娜的不對勁，亞綸沉浸在自己的世界之中。他用低沉的嗓音喚著對方名字，一手順著法蒂娜的右臉頰慢慢地撫摸而下……指尖撫過頸子，在鎖骨稍作流連，亞綸接下來的目標，就是法蒂娜打開到一半的襯衫釦子。

「王子殿下——」

這時，法蒂娜趕緊叫住對方，亞綸略微不悅地鎖住眉頭。

「妳又想幹嘛？想逃嗎？克莉絲汀。」

「王子殿下，怎麼就這麼擔心我逃走？你認為自己就如此沒魅力嗎？」

「哼，怎麼可能，我只是覺得妳這女人很狡猾，很難捉摸。」

「呵，這不就是你喜歡的嗎？太容易征服到手的女人，可不是王子殿下會狩獵的對象啊。」

亞綸不滿地瞪著法蒂娜，「就算是這樣，妳真是太吊我胃口了。妳看看，現在又是想要哪一招？」

「我並沒有想要什麼花招，我只是知道，王子殿下有更喜歡的方式。」

法蒂娜搖搖頭，嘴角勾著曖昧又耐人尋味的笑。

「說那麼久，到底是什麼更喜歡的方式，妳就快點展示出來啊。說到底，妳就只是想阻止我而已吧？」亞綸沒好氣地質問。

「嗯，我已經展示了喔，王子殿下。」

「什麼？」聽到法蒂娜這麼，亞綸一時間愣住了。

「王子殿下沒注意到吧，剛剛你把手收了回去，但正好成為了我的好機會。」

「妳究竟……唔！」

「哎呀，看來王子殿下終於注意到了呢。」

瞧見亞綸吃驚的表情，法蒂娜笑了笑，「王子殿下的雙手，已經被我綁起來了喔。」

她的笑容變得更為燦爛，彷彿孩童天真的炫耀，但實際上，這笑靨背後是惡魔的勝利。

「妳、妳什麼時候弄上去的！我怎麼完全沒感覺……！」

亞綸轉頭一看，就見自己的雙手被一條黑色絲巾綁在背後。其實法蒂娜並沒有綁得很牢固，以一個成年男子的力氣，只要有心，想扯開絕對沒有問題。

不過，亞綸並沒有這麼做……法蒂娜知道自己的計畫算是成功了第一步。

「祕、密。」她推開壓在自己身上的亞綸，將食指抵在自己的唇珠前，笑盈盈地回答。

「和妳在一起的時間，真是分秒都不能掉以輕心……！」

亞綸低頭看著悠然起身的法蒂娜，看上去似乎有些咬牙切齒，但又隱約帶著笑意。

「雖是這麼說，但王子殿下，我看你好像頗滿意的嘛。」

法蒂娜一邊說，同時猛然出力，將亞綸推坐在對面的躺椅上。

「我還可以跟你玩更多更有趣的遊戲，我相信這些都會是王子殿下你喜歡的，只是你平常不會表露出來而已。」

「哈……果然什麼都逃不出妳的眼睛嗎……」

既然被法蒂娜說穿了祕密，亞綸也就沒什麼好掩飾的。他舔舔純，露出迫不及待的欣喜表情。

「所以我才說，我要玩個王子殿下一定更喜歡的遊戲。現在呢，我要進行下一步了，王子殿下做好心理準備了嗎？」

「來吧，如果妳真能讓我滿意的話——若是不滿意，我隨時都能把妳壓倒在床上，直接吃抹乾淨。」

「呵，真是好可怕呢。不過我對自己也很有自信……應該說，我懂得怎麼讓殿下滿意。」

雖說著「好可怕」，法蒂娜卻露出截然不同的表情，她又拿出另一條黑色絲巾，在亞綸的眼前晃了晃。

「殿下，接下來，我要奪走你的視線了喔。」

「哈哈……把這句話說得如此甜蜜……不愧是克莉絲汀老師啊。」

亞綸咧嘴笑著，似乎相當期待，兩頰微微紅潤起來，處處都顯現出他的亢奮。

「那當然，因為我是你的家庭教師啊，當然要對如何『調教』你得心應手才行。」

法蒂娜又甜甜地笑了，她走到亞綸的背後，開始替對方蒙上雙眼。

「這絲巾的觸感……啊啊，是高級的布料呢……克莉絲汀老師，原來妳也是很懂格調的啊……」

被蒙上雙眼後，亞綸沉醉地微微喘息，「還有這香味……是頂級的香水品牌吧？這些難道都是專門為我準備的嗎？哈、哈哈……克莉絲汀老師真是用心良苦呢。」

即便雙手被綁、雙眼被遮蔽了視野，身為一國王子的亞綸卻更為興奮，一點也沒有王室在外的高貴形象。

聽到亞綸這麼說，法蒂娜沒有多做回應，這些才不是為了亞綸準備的，而是她本來就慣用這類的物品……不過好險，亞綸沒有起疑心，不然若是他想到她明明是平民身分，卻能用得起這些高級物品而有所猜疑的話，可就麻煩了。

好險——這傢伙真是個笨蛋啊。

即刻起，法蒂娜就要展開她的真正計畫。

首先，當然是要趁著亞綸這個礙事的傢伙被綁著、雙眼又被遮蔽，快點去把掉在沙發下的那張紙拿出來！

「呼呼，克莉絲汀老師，接下來呢？接下來妳要對我做什麼？」

身後傳來亞綸興奮的詢問聲，法蒂娜卻忙著在沙發底下找尋摸索那張她心心念念的紙。

只是，為了爭取時間，法蒂娜仍然得回應亞綸，「呵呵，別著急，王子殿下要有點耐心才行。」

「啊啊，別讓我等得太焦急了，克莉絲汀老師。」

法蒂娜突然一陣窩火，她實在是受夠了，脾氣跟耐性也快要被磨光。

尤其是那張紙還這麼該死地掉在如此深處！她努力用手搆了老半天還是摸不到！

「克莉絲汀老師——」

身後再次傳來亞綸的叫喚，這一次，法蒂娜終於爆氣了。

「閉嘴——你這個下賤的傢伙！」與幾秒前反差極大的一句回應，從法蒂娜的口中爆了出來。

一時間，房裡突然一片安靜，亞綸顯然被法蒂娜震攝住了。

爆氣過後，法蒂娜這才稍稍冷靜下來。糟了，她會不會說得太過火了？

剛冒出這個念頭，坐在椅子上的亞綸也同時開口：「從、從來……從來沒有……」

法蒂娜吞下口水，有些緊張。

「從來沒有人敢這樣對我說——啊啊！克莉絲汀！克莉絲汀妳真是太棒了！」

法蒂娜萬萬沒想到，亞綸的反應竟是如此地激昂，那張認真來說算是白皙俊俏的臉上，已經漲紅得有如番茄。

由於太出乎意料，即便是法蒂娜也會有稍稍愣住的時候。這算是自己好運矇到嗎？

原來亞綸這傢伙還真是嚴重的被虐狂啊？

本來以為只是輕微的興趣，看樣子不只是興趣，還病得不輕呢……

不過，這樣更好，這麼一來她就能更放肆大膽地進行了。同時，法蒂娜也終於搆到沙發底下的那張紙、拿到手了。

雖然她很想現在就把紙張攤開好好看一看，但想到目前身在敵營，還有個亞綸得處理……法蒂娜心想不急，把這張紙帶回去後再再慢慢研究吧。

以法蒂娜對亞綸的觀察與了解，這個笨蛋王子短時間內大概也不會發現那幅畫裡的東西已經被人動過。只要時間不要太長，她再派黑格爾趁打掃時把紙張塞回畫框裡，就能完美掩飾。

「吶，克莉絲汀，克莉絲汀，我還要更多這種刺激的感覺……！」亞綸兩頰漲紅，興奮地央求著法蒂娜。

「既然殿下你都這麼可憐兮兮地拜託我了……」

法蒂娜一臉輕蔑，眼神高冷中帶著濃濃的不屑，她看著這個被自己綁在椅子上的一國王子，心裡只有一道想法。

反正這傢伙就這麼喜歡被虐待，那正好，就好好讓她抒發一下這陣子積怨已久的怒氣吧。

「你這愚昧的傢伙，我真是受夠你了，瞧瞧你的愚蠢，都為我帶來了什麼麻煩?像你這樣的下賤之人……就該好好接受懲罰呢。」

法蒂娜將紙張妥善地收入自己的包包後,一步步走向亞綸。

「啊啊,什麼樣的懲罰?我好期待,好期待啊,克莉絲汀老師……!」

沒有給亞綸說完話的餘地,法蒂娜一揮順手從包包中拿出的教鞭,厲聲斥喝。

「閉嘴,現在起,改尊稱我為女王大人——」

「是、是的,遵、遵命!女王大人!求求妳,求求妳懲罰我的過錯吧!」

亞綸更為積極地拜託著法蒂娜,好似到達了有點痛苦的程度。

「哼,我說你,就這麼想要被懲罰嗎?你這噁心的壞孩子。」

某種層面上來說,她也不是為了配合亞綸而說出這種話,反倒是句句真心。也就是說,這只不過恢復成她平時會有的說話風格而已。

「既然如此,我就如你所願,滿足一下你的被虐欲吧,壞孩子。」

話音落下後,她抬起右腳,毫不猶豫就踏上亞綸的左腿。

「啊……!好、好疼……!」亞綸立刻發出略為痛苦的哀嚎。

踩著高跟鞋,用鞋跟尖端狠狠地踏在亞綸大腿上,法蒂娜一點也沒有手下留情。她看得出來，雖然亞綸嘴巴上說好疼，實則十分享受這種痛感。

如果她踩得太輕，說不定亞綸還會覺得太無趣呢。

「殿下，除了疼以外，還有別的感覺吧？不然，我可是要收回去了喔？」

「是、是的，好、好開心……能被女王大人這樣對待我好開心！」

「呵，我就知道，你真是個下流的壞孩子。」

法蒂娜的嘴角挑起一笑，用教鞭拍了拍王子的臉頰。她看了一下手錶上的時間，心想就快可以結束今天這場鬧劇了。

這一次的授課，算是豐收滿滿，不僅終於如願以償地拿到那張紙，再來就是發現亞綸還真可以用這種方式對付。

只要懂得善用這類的形式，這個亞綸王子日後大概也會一直對自己服服貼貼了。

一想到這，法蒂娜又滿意地嘴角上揚。

現在，只要好好地忍耐一下時間，很快，很快，她就能知道這個亞綸和姐姐的命案究竟有沒有直接關係。

The Villain Earl's
Disciplne Diary

第七章

夜裡，燈火闌珊，這座城市裡的夜生活還算熱絡，並沒有因為越晚而越平靜黯淡。

雖說也沒有到非常繁華、霓虹燈光燦爛如光海的情況，但也帶著都市特有的情懷與格調。

路上的行人不算太多，有些店家已經關門，不過仍有幾家深夜咖啡廳持續營業。淡淡的咖啡香，隨著晚風飄散到咖啡廳門外，吹拂上法蒂娜的臉龐。

深吸一口氣，這時間聞到這咖啡香，就已經足以提神。法蒂娜疲累了一整天下來，總算可以有一點自己放鬆的時間。

只是，其實她來到這裡，一半的理由也是為了自己的計畫。

「歡迎光臨。」

推開門，就聽見站在吧檯的青年咖啡師一邊擦拭著杯子，一邊向新來的客人打聲招呼。

連菜單都沒有看，法蒂娜直接點了飲品，「請給我一杯熱拿鐵，謝謝。」

「好的，請稍等，馬上幫您送過去。」

法蒂娜走向其中一張桌子，隨性地坐下。她一手托著臉頰，靜靜地看著窗外，好似在等人。

今天，算是她以克莉絲汀的身分臥底潛入王宮後，第一次得以出外透口氣的時光。

宮內的管理森嚴，外出都得經過克里多總管的同意，本來她是沒有機會的……不過，由於她今日「優秀」的表現，讓亞綸親自替她掙取到可以暫時離宮的優待。

雖然只有一個晚上，明天一早又得準時回宮向克里多總管報到，但對法蒂娜來說已經足夠了。

因為，剛好今天也是某個偽裝成清潔工的男人的放假之日。

「歡迎光臨。」

不久，吧檯的招呼聲再起，這次走進門的，正是法蒂娜等候的對象。

「老闆，麻煩一杯熱美式，我和那位女士同一桌，謝謝。」

「好的，待會一起幫兩位送過去。」

進門的人點完飲品後，走到了法蒂娜的面前。

「終於能好好地跟您見上一面了，法蒂娜大人。」

男人拉開法蒂娜對面的椅子，對著她溫柔地微微一笑。

「黑格爾，這麼晚還出來沒問題嗎？以你的工作，應該明天一早又要上工了吧？」

面對著眼前這張明明再熟悉不過的臉孔，法蒂娜此時卻意外地想念。

大概，是自從克里多總管發現她和黑格爾之間的聯繫後，她和黑格爾之間就刻意保持距離，有好一段時間沒有像這樣面對面交談了。

人心真的很不可思議，就算對象是自己，也總是很難完全摸清。

她此刻就有這種想法。

由於過去很少和黑格爾刻意分開避嫌，法蒂娜幾乎沒有感受過與他分別的感覺。托這次臥底的福，法蒂娜總算體驗了一下這種滋味……沒想到，產生出來的結果，就是她竟然會開始想念黑格爾。

不管是他的容顏，還是聲音，或是氣味，好像都變得更為珍貴了。

黑格爾點頭一笑，「不要緊的，這點體力工作可難不倒我。請放心吧，法蒂娜大人。」

遲遲沒有等到回應的青年，發現自家主人就這麼睜著雙眼、注視著自己的臉。

「怎麼，法蒂娜大人一直盯著我，難不成我臉上有什麼東西嗎？」

「兩位的飲品來囉，這杯是拿鐵，這杯是美式。」

一旁的咖啡師端來了飲料，暫且打斷了兩人的談話。

青年先向咖啡師道謝，這一聲謝不僅僅是代表自己，也同時代替他的主人。

他看著放在法蒂娜面前的拿鐵，微笑道：「法蒂娜大人，還是一樣喜歡喝拿鐵呢。」

「你也不是一樣？照點美式。我就不懂，那麼苦、像喝藥水的黑咖啡，你是怎麼能喝得下口。」

法蒂娜拿起面前的拿鐵，啜飲一口。

「可能是因為，我就是喜歡這種苦澀的滋味吧。苦澀之後，還會回甘，就跟法蒂娜大人一樣。」

「你、你又在那邊胡說八道了。」

法蒂娜倒抽一口氣，不知自己是怎麼搞的，這種過去稀鬆平常的話，居然會讓她感到心跳漏了一拍。

這種胸口一瞬間跳得很大力的感覺，竟是如此強烈。

瞧見法蒂娜的反應，黑格爾也同樣意外，「哎……法蒂娜大人，您今天真的很不同呢……果然，有什麼地方不太一樣了。以前我這麼說的話，法蒂娜大人都不會給我好臉色看，通常都是板著一張冷冰冰的臉啊……」

「少囉唆，喝你的難喝藥水啦。」

法蒂娜眉頭一皺，沒好氣地喝了一大口的拿鐵。她的視線移往他處，似乎就是不想和黑格爾直接對上視線，當然這種彆扭的反應也被黑格爾看在眼底。

「呵……」

「笑什麼?有什麼好笑?」

聽到黑格爾的笑聲，基於好奇心，法蒂娜的目光又移回對方身上。

「我只是，很開心。能夠看到法蒂娜大人微妙的轉變，讓我很開心。」

「什麼啊，哪裡轉變了，你是不是眼睛有病。」

法蒂娜皺了皺眉頭，又別開視線，再次喝了一口已經剩下半杯的拿鐵。

「嗯嗯，法蒂娜大人真的是越來越可愛了。真希望能夠一直持續下去呀。」

「啥？你還真是越說越誇張，是不是太久沒被我痛扁一頓了？」

法蒂娜真是快聽不下去了，好吧她承認本來還有一點點點……的不知所措，但現在開始動怒起來。

這個黑格爾，是太久沒受到主人的鐵拳制裁了嗎？

還真是大膽不少啊！

「是，是我錯了，還請法蒂娜大人原諒。那麼，既然我們都時間寶貴，要不要切入正題了？當然，若是法蒂娜大人想繼續和我閒聊，我也是很歡迎的喔。」

「誰要繼續閒聊啊？我才不想浪費寶貴的休息時間，你都不知道我這一天被亞綸那臭小子折騰得有多累。」法蒂娜的指尖不滿地敲了敲桌面。

「好好好，我知道法蒂娜大人很累，也辛苦您了。那麼，應該是有所進展才會叫我出來吧？」

「誰說一定要有所進展才會叫你出來啊？別隨意揣測我的心思。」

「哦？這麼說來，難道法蒂娜大人是因為想見我才把我叫出來囉……？」

這句話立刻讓法蒂娜有一種被打臉的感覺，只見她有點慌張地說：「誰想見你了，都說了別隨意揣測我的心思，聽不懂人話嗎？你這傢伙是不是都忘了誰才是主子了！」

不知為何莫名竄火起來，但與其說是真的生氣，更像是一種被戳中心事的不悅，讓法蒂娜突然毛躁爆發。

似乎是沒想到對方的反應會這麼大，一時間黑格爾也有些傻住，趕緊向自家主人致歉。

「抱歉，法蒂娜大人，是我踰矩了……我絕對沒有任何一秒忘記您是我的主人……」

「唔……算了。」

看到黑格爾被自己方才的爆發懾住，法蒂娜反而有些不好意思起來，實際上她也不是真心生對方的氣……

清了清喉嚨，法蒂娜試著轉移話題，「咳咳，總之，今天確實如你所說，我有所突破了。」

「您所謂的突破是指？該不會，真在您說的那幅畫中找到什麼玄機吧？」

「沒錯，我就說我的直覺向來很準，果然被我挖到了線索。」

法蒂娜點了點頭，嘴角勾起一抹得意的笑。

「不愧是法蒂娜大人，願聞其詳。」

看著法蒂娜開心的表情，黑格爾也是由衷地替她感到喜悅，畢竟能夠看到法蒂娜大人的笑臉，實在是機會不多。

「事情是這樣的……」

法蒂娜開始將在亞綸房裡發生的種種，對著聆聽者黑格爾娓娓道來。

聽取的過程中，青年的臉色似乎有些難看，不過他並沒有多說什麼，只是安靜地繼續聽完。

他感到不悅的，自然是法蒂娜和亞綸之間的「互動」。

那些親密的舉動，即便目的都只是為了博取亞綸的信任及後續的順利發展，但黑格爾就是會打從心底不開心。

他承認，那種醜惡的情緒就是嫉妒。

明明知道一切的前因後果，卻還是無法壓抑地湧上這些感受，青年有些汗顏，但也不想因此改變。

因為這就是他對法蒂娜的感情，唯獨對法蒂娜的情，他不想有任何修飾。

哪怕這份感情在別人眼裡是卑微且醜陋的，也無所謂。

「喂，黑格爾，你有在認真聽我說話嗎？」

法蒂娜皺起眉頭，看著似乎一臉出神的黑格爾。

「啊，抱歉，有的，我怎麼可能錯過法蒂娜大人所說的每句話呢。」

「是嗎？算了，總之，事情經過就是這樣。現在，我就把好不容易拿到得那張紙給你看吧。倘若你看了要是有什麼想法，也要馬上跟我說。」

黑格爾點了點頭，「好的，這當然沒問題。」

「嗯，那麼——就是這麼一回事。」

法蒂娜從口袋中掏出那張得來不易的紙，攤開放在桌上。

「這個是……」

黑格爾將脖子往前伸，眼神專注地盯著那張紙的內容，一時間陷入沉思。

映入青年眼中的是——一組由英文和數字拼湊而成的文字。

「你覺得這是什麼東西，黑格爾？」

法蒂娜的臉色一沉，瞬間變得嚴肅起來。

黑格爾一手托著下巴，「啟稟法蒂娜大人，這給我的感覺……它應該是一組密碼？」

「真是我的乖屬下，跟我想的一樣。」法蒂娜雙手抱胸，肯定地點了點頭。

「但是，就算這真的是密碼，我們也不知道它是用在何處的密碼？更不曉得密碼解開後會得到什麼？真會是法蒂娜大人您要找的答案嗎？」

他知道這樣會潑法蒂娜的冷水，但這麼說也是為了法蒂娜好。

「不試試看怎麼會知道？而且，你就再信我一次吧。」

相較於黑格爾的質疑，法蒂娜顯得從容自信許多。

「法蒂娜大人有想法了？」黑格爾納悶地問，眉毛往上一揚。

「是有個想法，當然我不保證是不是我想的那樣，但是值得一試。」

「法蒂娜大人，您什麼時候也喜歡把話說得這麼神祕兮兮了。」

法蒂娜沒好氣地瞪了對方一眼，「讓我偶爾賣點關子不行嗎？不過，我也沒說接下來什麼都不跟你說啊。」

黑格爾微微一笑，「那麼還請法蒂娜大人告訴我，懇請告知。」

他總是習慣以那抹俊美帶點腹黑屬性的笑容回應法蒂娜。

「記得之前我提過的那名記者嗎？」

「中新社的西里斯，法蒂娜大人所說的是這位嗎？」

法蒂娜點頭，「對，我講的就是他，看來你還是挺聰明的啊，一點就通。」

「您覺得這個密碼，和西里斯記者有關？」

「這只是我的直覺而已，畢竟那傢伙的名字跟他所拍攝的照片，也都藏在亞綸的房裡。」

法蒂娜又喝了一口拿鐵，她瞄了一眼杯中的咖啡，似乎所剩不多了。

「聽起來似乎有點牽強，但又好像可以試試看，不然確實都沒有方向……不過，法蒂娜大人，您聯絡到那位記者了嗎？」

黑格爾若沒記錯，當初法蒂娜試著找那位記者，而且還透過相馬時夜要到了聯絡方式……然而，拿到電話後，他家主人曾撥打多次，都沒有聯絡上那位西里斯記者。

當時就給他一種感覺，這位記者好似在避開什麼。否則以一名記者來說，最重要的就是能夠收集各種情資和爆料，怎麼會拒接陌生來電呢？

黑格爾這麼想的時候，對面的法蒂娜露出了一抹笑，將上半身稍稍往前傾，對著他小聲說：「就在今天稍早，西里斯終於回覆我的聯絡了。」

「什麼？您的意思是，他已經跟您談過關於亞綸王子的事了嗎？」

看到黑格爾驚訝的反應，法蒂娜只是搖搖頭，揮了揮手。

「這倒不是，要是能這麼順利就好了。」

「那您說的聯絡是……？」

黑格爾困惑地皺起眉頭。

「過去我一直打他的手機，從來沒有接通過，這次終於接通了……而且還有幾秒鐘的通話時間。」

「請恕我駑鈍，這能代表什麼？西里斯跟您有講到話？」

「你沒聽清楚嗎？我是指『通話時間』，可沒說我跟他講了多久。」

「法蒂娜大人，還是請您直接挑明地講清楚吧，您這樣一直吊我胃口，實在聽得我好難受呀。」黑格爾乾脆直接懇求法蒂娜，流露出有些哀怨的神情。

「真是的，還真是聽不懂我說的話。好吧，既然你都這麼求我了……總之，我沒和西里斯講到話，但是那通電話不只接聽，還有幾秒的『空白』通話時間。」

法蒂娜繼續補充道：「所謂的『空白』也並非全然一片安靜，我還是有聽到一些雜音，可能是來自背景的聲音。這通電話，我已經拜託相馬時夜幫我追查了。」

聽到這邊，黑格爾似乎終於明白法蒂娜的意思了。

「我懂了……您是說，透過相馬時夜的幫忙，利用警方的調查技術，可以判別出那些雜音是隸屬於何物。我說這樣對嗎？」

法蒂娜點了點頭，「你終於聽懂了。沒錯，間接判斷出發出那些雜音的背景，有可能是出自於怎樣的環境。以及透過通訊定位，也可以大致抓出一個範圍，加上對於雜音音訊的分析，應該有機會能找到西里斯的位置。」

「真不愧是法蒂娜大人，已經設想到這一步，這麼一來的確很有可能找到西里斯本人。不過，這麼一來，您又欠相馬時夜人情了吧？」黑格爾抬起頭來，有些小小擔心地問道。

「欠人情？怎麼會，你想太多了。倒不如說，能幫上我的忙，對時夜那傢伙來說是在彌補吧……」

法蒂娜沉默了一會，但很快的，她從這情緒中抽離，對著黑格爾說：「先別說那些了，如果這一切進展順利，我應該很快就能拿到西里斯的所在位置。到時候，我一定得去找他，我想他就是想要調查亞綸跟姐姐之間謎團的關鍵。」

「我誠摯地祝福法蒂娜大人，能夠一切水到渠成。我也認為……不，同樣有所預感，您已經快要接近真相了。」

黑格爾是真心這麼認為，打從跟隨法蒂娜展開復仇之計、追查「清單」上的目標到現在，他有一種距離真相只差一步的感覺。

雖然，他還不敢肯定，那個看上去愚蠢又好色的亞綸王子會是真正的凶嫌……

「我也有同樣的預感，黑格爾。」

法蒂娜拿起咖啡杯，一口喝光所有剩下的拿鐵。她站起身，雙手插在口袋裡，對著面前的黑格爾說：「就快了——我的復仇之路的終點，似乎隱約看得到那道曙光了。」

黑格爾注視著這道身影，有那麼一瞬間，彷彿能從那一直以來背負太多枷鎖的側影身上，覓得一絲希望的光芒。

儘管黑格爾也不知道，真的讓法蒂娜找出真凶後，就是一片坦蕩且不會後悔的結局嗎？

在那之後，他最重要也最心愛的法蒂娜大人，就能自此過上幸福安穩的日子嗎？

諸多疑問，如雨後春筍在黑格爾的腦海裡不斷浮現，只是他知道這些問題都不能在此時說出口。

至少，在某方面來說，黑格爾也算是樂見真相能夠快點水落石出，不然像這樣一直追逐著真凶的背影，法蒂娜大人這一生都會被此束縛、無法過上自己想要的人生。

「時間差不多了，我也該離開了。我們之間的碰面時間也別太久，否則誰知會不會又被哪個該死的眼線看見。」

法蒂娜走向櫃檯，付清了自己和黑格爾的咖啡錢後，就踏出這間寧靜的咖啡館。

黑格爾目送著法蒂娜的背影漸行漸遠，直到徹底消失在黑夜之中，不發一語，臉上僅僅有一抹淡淡的惆悵。

「真希望，事情就能這麼順利進展下去呢……」

黑格爾獨自一人在店裡，把剩下的黑咖啡慢慢地喝完後，他看著窗外靜謐的夜色，彷彿欣賞了這片寧靜好一會，這才踏出咖啡店離開。

「謝謝光臨。」

送客的聲音從後方傳來，黑格爾對這家咖啡店的印象不錯，若是有機會，或許還會想再回來光顧。

不過，應該很難吧？

倘若法芙娜之死真的和亞綸王子有關……以他對法蒂娜大人的了解，很可能事情會鬧得不可收拾，或許變成國際之間的紛爭也說不定。

要是事情真的發展成這樣，他能夠再踏上這塊土地的機會，可說是相當渺茫了啊……

「如果真是如此，就可惜了這家咖啡店……」

黑格爾喃喃自語，再回頭看了一眼在黑夜裡獨自發光的咖啡店。

他低頭看看手錶，時間也差不多了，再晚些回去就真的不用睡了。他可是瞞著法蒂娜大人，明天早班的工作得起得很早呢，要是沒有闔眼休息一下，就算是他也會有一點吃不消。

一邊想著回去的念頭，一邊朝住處前進，微冷的夜風吹在黑格爾的臉上，加上剛剛那一杯黑咖啡，讓他即便在這深夜時分也毫無睡意。因此——

他才會注意到那道身影。

「嗯……？」

在經過一條小巷口時，有道身影讓他有些在意，停留了一下目光。

那個身形，以及那一頭醒目的髮色，讓黑格爾很快就聯想到一個人。但是，會有這麼巧嗎？

會在這時間點上，而且就在這個轉角前見到他嗎？

怎麼想都覺得有點奇怪，黑格爾的第一個念頭是自己會不會認錯人了？

步伐有些猶豫，還在想著要不要上前一探究竟。後來想想，好吧，既然還沒有睡意，稍微多走幾步路去看一下對方也沒什麼。

就當作是消除自己的好奇心，以免耿耿於懷，反倒影響睡眠品質。做出決定後，黑格爾便掉頭轉身，走向剛剛那條巷口。

距離越近，畫面就越來越清晰，似乎不只他見到的那個人，原來對方還在跟另一人說話。

從身形來看，另一人也是一名男性，只是令黑格爾在意的是，那人很快就注意到正朝他們走去的自己。

一察覺就立刻轉身離開，消失在昏暗的巷弄之中。

對方這一舉動，立刻引來黑格爾的猜疑。照理來說，普通人見到有人朝自己走來，並不會反應如此大吧？

十分在意，但無奈對方已經離開了現場，反觀原本黑格爾以為是「那個人」的傢伙，倒是轉過身來。

「哎呀，你看起來有點面熟啊。」對方率先開啟了對話。

「若您覺得面熟，卻不知道我是誰也不意外呢，因為我只是一個小小的清潔工而已，亞克老師。」

面對從昏暗處走出來的亞克，黑格爾沒有閃避，正面迎上。

同時，也是在這一刻，他確認了自己方才的猜測沒有錯，此人確實就是和法蒂娜一同擔任亞綸王子家教的亞克。

既然確定這個人是誰，黑格爾就更好奇了，方才和亞克交談的人是誰？況且為何看到他走過來就立即離開？

實在太詭異，這肯定有蹊蹺。

不過，黑格爾一方面也盤算著，似乎可以藉由這次機會，進一步調查一下亞克。畢竟，調查亞克可是法蒂娜大人交代給他的任務呢。

亞克的雙眼微微瞇起，似乎認真地回想一下，直到突然想起黑格爾的身分，便笑了笑。

「清潔工？啊……我想起來了，你就是之前被克里多總管警告過的，跟克莉絲汀老師過從甚密的那位吧？你叫什麼名字來著？」

「我叫什麼名字不重要，只是一名微不足道的清潔工罷了。倒是亞克老師，這麼晚了，您還在外頭逗留，這樣會不會有失一名皇家教師的風範呢？」

黑格爾不想跟對方閒聊太多，畢竟時間也晚了，他只想趕快切入正題、挖掘出更多對方的情報。

「呵，講話還真是直接呢，難道說克莉絲汀老師就是喜歡你這種類型的男人？」

在亞克以這種帶點嘲諷的話回應自己時，黑格爾也不客氣且直接回道：「克莉絲汀老師喜歡怎樣類型的男人，我不清楚。但是，我肯定您不是她會欣賞的類型。」

「嗯，那還真是傷腦筋呢，因為我可是越和她接近，就越被她所吸引啊。不過話說回來，這位清潔工先生，我在什麼時間點和什麼人說話，也沒有義務跟你報備吧？」

亞克聳了聳肩膀，表面上雖還掛著笑容，實際上語氣十分冷冰。

「的確是沒有這種義務，但是若身為王子的家教卻有失格調，或許我可以去跟克里多總管說一聲，也許您的職位就會受到重新評估了。」

「哎呀，聽你這麼說我真是好怕呢。」

亞克突然往前一步，將臉湊到黑格爾的左耳旁，低聲地說了一句：「與其這麼想知道我的底細，倒不如好好提醒你家的主人……請她別再追查亞綸王子了，這份工作自有人做。」

說完，亞克便往後退去，嘴角上掛著一抹意味深遠的笑。

反觀黑格爾，瞳孔微微收縮，待在原地短時間內毫無回應。

「我會那樣說，是真心誠意為了克莉絲汀老師好——希望你能幫我好好轉達告知。」

一手插在口袋，一手舉起來向黑格爾揮了揮，像是在道別，隨後亞克就悠閒地離開了。

「他說的『這份工作自有人做』是什麼意思？真是充滿謎團且不能小覷的男

人，我得替法蒂娜大人更多加注意才行……」

站在原地，看著亞克的背影逐漸消失在黑夜巷尾之中，黑格爾喃喃自語，眉頭深鎖。

「現在為您連線報導，目前記者位於海斯王國的動力管道工程總部現場，今天將舉辦落成典禮，預計出席典禮的貴賓有海斯王國國王賢伉儷，以及促成這一切的推手——獅子心共和國的赫滅宰相……」

電視螢幕上，傳來記者用字正腔圓的亞弗公國腔報導的現況，背景是一棟偌大的新穎建築。灰色與白色的組合設計，清水模的建材與多線條切割的外觀設計，整體風格充滿現代與前衛感。

若非透過記者的介紹以及電視臺上方所打出的字幕與標題，實在很難聯想到這會是一棟大型工程的總部。

從外觀上來看，就可知道這其中砸了相當多的心血與金錢資源，但其中最讓人讚嘆的是這棟總部以及整座工程的營造時間。

「獅子心共和國肯定拿出比預期還多的錢吧……不然以海斯王國那種小氣的財政，是要怎麼在短短三個月內蓋好這些。」

在房裡一邊換穿衣服，一邊看著電視報導的法蒂娜，皺了皺眉頭。

最近，蘭提斯大陸上各國都在熱議與關注一件事——動力管道工程。

這是在上回L5高峰會後，由獅子心共和國主推的全大陸性大型工程案。記得那場會議才開沒多久，現在陸陸續續已經有各國傳來完工的新聞，法蒂娜總覺得這實在快得令人訝異。

換作是其他國家的工程，法蒂娜一定會懷疑這該不會是一件豆腐渣工程，但既然推手是獅子心共和國，加上監工品管的人都是來自於獅子心共和國，照理來說很難出現品質劣壞的狀況。

因為，獅子心共和國在工藝與建設工程上的品質，向來是蘭提斯大陸上有目共睹的精細嚴謹。

只是法蒂娜看了這麼久，依然對獅子心共和國如此熱衷、不惜高額投資他國動力管道工程的心態，感到很大的困惑。

「還是看不透獅子心共和國……不，是赫滅宰相的心思啊……」法蒂娜說完，關掉了電視。

今天，她已經結束了對亞綸王子的授課課程，現在換上的一套衣服，是她打算出外的輕便服裝。

自從牢牢抓準了亞綸王子的「特殊癖好」後，那個好色被虐笨蛋王子可就自此百依百順。當然，上次從亞綸房裡偷出來的紙條，也早已物歸原主、放回原本藏匿的畫框內。

不過，法蒂娜其實也自認好運，好在亞綸那個笨蛋只喜歡被施虐的快感，後來很少再對自己伸出噁心的鹹豬手，法蒂娜自此也樂得輕鬆應對。

先別管那傢伙了，今天也透過亞綸王子得到了外出許可。她特地請假離宮的理由，自然是只有一個——

就在稍早前，法蒂娜接到相馬時夜的來電，告訴她已經找到西里斯記者的所在位置。

沒想到這麼快就能有所答案，法蒂娜對於現今警方的科技實在是暗暗佩服，原以為那位彷彿失聯、人間蒸發的西里斯記者會在遙遠國度。本來，法蒂娜甚至還設想過，倘若那名記者身在距離獅子心共和國很遠的地方該怎麼辦，請假數日以上恐怕會引起亞綸甚至克里多總管的疑心……

好在，法蒂娜再次覺得自己的運氣不錯。

根據相馬時夜提供的位置，西里斯似乎仍在獅子心共和國內，俗話說得好，越是危險的地方，越是最安全的選擇。

西里斯大概身為記者多年，多少也能掌握到這個通則，因此即便把所有的聯絡方式都斷絕，也沒有離開獅子心共和國。

不過，說真的那傢伙也是出了點差錯，當初倘若沒有接通她打過去的電話，也就不會被查出目前的藏身處，就能繼續躲藏下去了。

也罷，想那麼多幹嘛呢？

法蒂娜清了清腦子裡的思緒後，便離開了王宮、朝向她心中的目的地前進。

她卻沒有注意到，在她踏出王宮不久後，也有另一道人影踏上與她一樣的路程。

The Villain Earl's
Discipline Diary

尾聲

明明是白天，就算不是明亮清晰的早晨，也不至於是黯淡的黃昏，而是一般日照光線下的午後。

然而法蒂娜走在這條路上時，越是靠近她的目的地，越是覺得頭頂上的光線漸漸暗沉。就好像，有什麼東西在吸收天空的陽光……可能是遮蔽物，也可能是鐵皮屋頂多出來的部分，總之這條路上到處都是遮掩陽光的存在。

再看看四周的環境，也都是老舊且密集、彷彿無人居住被遺棄的小屋，以及堆積的廢棄物……空氣中瀰漫著一股淡淡的危險與鐵鏽的氣息。

換作是一般人，尤其是女性，走在這條路上肯定是有所風險。這種刻板印象，也確實投射到了法蒂娜身上，這條路上雖然沒有太多人，卻總有一、兩名當地人，在法蒂娜經過時用詭異的眼神看向她。

猶如在說，妳一個女人家來到這邊不怕危險嗎？

雖說如此，法蒂娜可一點也沒在怕，她自認比起那些「危險」，她本人肯定比那些「危險」更加「具有危險」。

不過，這裡的確不是常人會來到的地方，但她認為自己沒有來錯，因為這種環境下更適合讓西里斯藏身於此。

「好了……就讓我看看你這傢伙躲在哪……」

法蒂娜喃喃自語的同時，低頭看了一下手裡抄寫的紙條，上頭正是相馬時夜報給她的地址位置。

很快的，她就在一間看似相當不起眼的、滿是塗鴉的矮小鐵皮屋前停下腳步。

「是這裡嗎……西里斯，你就躲在這裡頭嗎？」

法蒂娜抬起頭來，看著前方這棟貌似不會有人待在裡頭的建築。

但她也很清楚，如果照電視劇電影所演的一樣，這種看似不起眼又廢棄的建築內，通常都是目標藏匿的最佳場所。

深吸一口氣，堅定步伐，法蒂娜小心翼翼地將手伸出去，試著推開眼前這扇充滿酒紅鐵鏽紋路的門扉。

嘎……

鐵門被推開的聲音，在寂靜沉寂的空氣裡顯得特別刺耳，法蒂娜心想，如果是在有敵人的狀態之下，這時候對方應該已經察覺了吧？

想到這，法蒂娜繃緊神經，她也不是毫無防備而來，先撤除她藏在黑色大腿襪套裡的手槍，她自個兒全身上下幾乎都是可以攻擊的武器。

至少，法蒂娜有信心可以對付一般、甚至更強悍一點的對手。

先是探頭查看，裡頭一片昏暗，比起外面幾乎快是什麼都看不到的狀態。不過，過了幾秒，眼睛似乎稍稍適應這種黑暗，法蒂娜總算可以隱約看到些什麼。

視野之內，大致上仍是模糊一片，看上去好像沒有其他人存在。倒是，在屋內的深處好像透出一點光，她猜想應該是燈光之類的光線？

因為那道光顏色太過鵝黃，現在外頭的日照光線應該不是那樣，只是為何那邊會有燈光鑽出來呢？

心裡懷著更多疑惑，但也更加謹慎，因為若是有燈光的地方，就通常會有人在。

要是，那些人都是危險分子的話……法蒂娜自知是免不了一場戰鬥交手的。

做好心理準備，法蒂娜獨自一人繼續往屋內的深處前進，隨著她越往裡頭走，也漸漸發現原本沒有出現的事物。

好比如，現在她隱約有聽見其他聲音……像是鼓聲？

人聲？

各種納悶浮現於法蒂娜的腦海之中，她不斷猜想自己待會要面對的是什麼樣場景，而她要找的人就在這其中嗎？

不行，現在不能多想這些，她必須集中精神，好面對接下來任何可能的突發狀況。

最後，法蒂娜來到一扇門前，又是一張門，不過這次站在這門前的她得到了更多資訊。

鵝黃色的燈光，確實是從這門縫裡鑽了出來，除了燈光，還有更加強烈明確的鼓聲、人聲……以及一股酒精氣味。

法蒂娜皺起眉頭，她大抵猜到這扇門後可能是怎樣的地方了——

推門而入，眼前的景象為之一變。

「果然……」她睜大雙眼看著前方，喃喃自語。

在打開那扇門後，彷彿就來到另一個世界——喧鬧的人聲、重低音的鼓聲、音樂喧嘩、空氣裡到處瀰漫著濃濃酒精味。而那昏黃的燈光是來自天花板投射燈，以及一盞不斷旋轉令人眩目的球型五彩燈具。

這一切，都營造出一個答案——這是一座舞廳。

放眼望去都是滿滿的人潮，除了近身熱舞、搖擺身姿，就是坐在長長的吧檯前，喝著一杯又一杯的酒。

法蒂娜沒想到自己竟會追查到這種地方，她開始懷疑，她要找的西里斯記者就藏身在此？

「喂，妳是第一次來嗎？」

就在這時，一名渾身酒氣的男子走向法蒂娜。開口詢問時，口中衝出的酒味相當刺鼻，令法蒂娜馬上皺起眉頭。

「我說美女，要不要我帶妳啊？第一次來這種地方應該不知道怎麼玩最有趣吧？」

很快的，第二名男子也搖搖晃晃地走過來，一手還拿著酒杯，笑笑地問向法蒂娜。

「我說你別給我鬧，快給我滾，這可是我先看上的女人哪！」

原先第一個搭訕法蒂娜的男人，立刻不悅地對著後來的搭訕者怒吼。

「你才是快點滾開，也不看看自己的臉長什麼樣，你算哪根蔥啊？看到你的樣子就作嘔，妳說對不對啊，小美人？」

被怒嗆的當事者沒好氣地瞪向對方，隨後一改表情，又是訕訕地笑著問法蒂娜。

「滾。」

法蒂娜只冷冷地回了一個單字，沉著臉。

「啥？小美人妳剛說什麼？」

「就是，妳剛剛說了啥？老子是不是聽錯了啊？」

無論是哪一方，聽到法蒂娜的回應後似乎都愣住了，露出一副不敢相信的模樣。

「我說，滾──」

法蒂娜再次吸足了氣抬起頭來，這回直接拉長音、加強聲調與音量對著這兩名礙事者說道。

「妳是敬酒不吃吃罰酒嗎！」

「小美人妳這樣就不對了，是該好好接受懲罰——」

這兩名男子一個摩拳擦掌，一個重重地放下酒杯，臉露凶光走過來。

一見到這兩人來勢洶洶，法蒂娜二話不說，率先出招！

「碰碰！」

「咚咚！」

迅雷不及掩耳的拳擊與腳踢，以及完美的過肩摔，從防禦到反擊，只有短短數秒鐘的時間，法蒂娜獨自一人就將這兩名醉漢打倒在地！

「好、好痛……」

「該死的，這女人竟敢打老子……」

被打倒在地的兩名醉漢痛苦哀嚎，一時間還倒地不起，但也因為這起紛爭，引來了現場其他人的側目與注意。

現場眾人盯著法蒂娜瞧，有人似乎在打量著她，也有人在審視著她，法蒂娜知曉這些眼神全都不懷好意。

雖說如此，法蒂娜依然沒在怕，她反倒覺得這樣才好，或許就能吸引到她要找的那個人。

忽然，一道身影從法蒂娜的背後竄過，瞬間她感覺自己的右手被人抓住！

「跟我來！」

只聽聞這一道急促的話，法蒂娜就被拉了過去，雖然以她的實力想要反制對方完全不成問題，但她也想知道此人想做什麼，便順應對方的意思而去。

法蒂娜算是跟著對方一起穿過舞池中央、吧檯前方，逐步遠離喧鬧及關注於她的人群，最後來到一個樓梯轉角，這時拉著她的人這才鬆手。

「妳是想找死嗎？一進來『荊棘酒吧』就鬧事？」一轉身，就不客氣地對著法蒂娜訓話。

「原來這裡叫做『荊棘酒吧』啊。」

法蒂娜點了點頭，卻露出一副事不關己的模樣。她面前這名戴著眼鏡、身形瘦削的男人忍不住又說：「妳傻了嗎？剛剛差點就要出事了，妳還這副反應？」

「我怎麼覺得沒什麼。不過，若不是剛好鬧了點事，你就不會出現了吧？」

法蒂娜聳了聳肩膀，還是一副不以為然的表情。

「我是看妳一個女人家，第一次來到這裡的生面孔，就怕妳出不去這間『荊棘酒吧』。算了，當作我吃力不討好沒事白搭救妳……」

男子嘆了一口氣，雙手抱胸，搖了搖頭。

「你還真是好心啊，那麼，敢問恩人大名？瞧你的打扮……應該是在吧檯當酒保之類的吧？」

稍微上下打量了一下對方，瞧對方神智清楚，身上卻有濃濃的酒精氣息，法蒂娜便如此猜測。

「對，我是這間酒吧的酒保，既然妳還能從容打量起我，那就代表妳沒事，快點離開這裡吧。」

「這怎麼行，我是來找人的，我不做空手而歸的事。」

「來找人？」

「是啊，好比如……我是來找一個名叫『西里斯』的酒保……」

當法蒂娜故意這麼說時，對方的臉色忽然一變，下一秒竟一個轉身就打算逃跑！

「別想逃，西里斯！」

法蒂娜早就預料到對方的行動，立刻搶先一步抓住西里斯的手臂，使他無法逃脫。

「妳……！」

被法蒂娜牢牢抓住後，西里斯一方面錯愕，一方面驚訝為何一名女子會有如此大的力氣。

「放棄掙扎吧，好好配合我就不會傷害你，畢竟你可是我重要的線索呢，西里斯『前記者』。」

法蒂娜說完，奉上一抹微笑，那抹笑看似燦爛實際上卻暗藏脅迫。

「唔……妳這張臉……我、我想起來了……」

「嗯？」

「妳就是……那個亞弗公國的福斯特女伯爵吧？」西里斯神情緊繃，雙眼盯著法蒂娜的臉，壓低嗓音問道。

「哎呀，看來你知道我是誰呢，那麼一切就好談了。西里斯，這邊也不適合促膝長談吧？你介意我換個地方嗎？推薦一個好地方給我，當然別給我出亂子，我什麼都看得出來，你也別想逃喔。」

法蒂娜又是燦爛一笑，笑得讓西里斯的心裡發寒。

西里斯又是無奈地嘆了一口氣。

「妳的傳聞我一直都很清楚，要從妳手裡逃跑應該難上加難。放心吧，既然被妳逮到了，我也沒想找死逃跑。伯爵大人，跟我來吧。」

透露出一副眼神死的狀態，西里斯只能如此回答，他頹著背，示意要法蒂娜跟上他。

法蒂娜看得出西里斯沒有想逃的意圖，另一方面也是自信自身的能力，十足把握之下她便跟著對方而去。

在西里斯的帶頭探路下，他們走過幾條小路、穿過狹窄破舊的樓梯，避開人群，最後來到荊棘酒吧的外頭。

「前方不遠處是我的住所……不介意的話，就去那邊談談吧？」

西里斯一邊說，一邊轉過頭看向前方，確實有一間看起來相當不起眼且顏色陰暗、長滿銹班的小貨櫃屋。

換作是一般人，看到這種地方多少會有些警戒與懷疑，不過法蒂娜向來沒在怕，她馬上答應：「走，諒你也不敢使出什麼花招。」

反正她就是為了西里斯而來，如果怕東怕西的，真讓這條得來不易的線索溜走就更麻煩了。

為了能夠早日解開謎團，找出亞綸王子與法芙娜姐姐之間的關係，法蒂娜完全可以承擔冒著這樣的風險前進。

「進來吧，伯爵大人。」

西里斯先是蹲下身，再起身拉開鐵捲門，轉過身來招呼。

法蒂娜沒有多做回應，只是直接就走進貨櫃屋內，西里斯隨後進入，再次拉上鐵捲門前，還探頭看向外面、左顧右看觀察了一下。

似乎是確認無人後，西里斯這才把門拉上，他隨後轉過身，按了開關，昏暗的貨櫃屋內這才有一點明亮。

裝在屋頂的燈，有些閃閃滅滅，好像隨時都會熄掉。法蒂娜稍微觀察了一下四周環境，只能說非常簡陋，甚至有點貧困的感覺，但基本上仍維持著一定的整潔，至少沒有看到堆積太多的垃圾與髒亂。

雖然少不了一股頹廢感，但法蒂娜心想，西里斯好歹曾經也是個知識分子、拿筆寫文章的記者，應該不至於讓自己的居住環境變得像流浪漢一樣糟。

貨櫃屋內的擺設十分簡單，只有基本的睡袋、一張桌子，一盞燈，以及堆滿在桌上的紙張與筆記本……法蒂娜猜想，這傢伙應該仍沒有忘卻自己的本職吧。

「伯爵大人，我從剛剛就很想知道，妳是如何知道我就是西里斯的？」

這是進屋後，西里斯開口的第一句話。

「很簡單，因為我看過你的照片。」

「僅僅只是看過我的照片？我會被妳看見的照片應該跟現在差很多了吧？」

西里斯顯得有些意外，因為他可是做過部分整形跟喬裝打扮的，怎麼會被一眼認出？

「女人的直覺吧——而且你說自己是酒保，卻有一雙纖細的手，那雙手不像是長期需要鑿冰塊的調酒師，反倒像是拿筆或敲鍵盤的手。」

眼神投向西里斯的手，法蒂娜這麼說時，對方卻下意識地將雙手收到背後。

「原來如此……觀察力很夠呢……看來伯爵大人也很適合做一名記者啊……」

「別說這些閒話了，既然我已經先回答了你的問題，接下來換我了。」

法蒂娜接下來直接挑明道：「西里斯，你當初曾經跟拍過亞綸王子跟我的姐姐，法芙娜對吧？為此，你當時還做了一篇報導。雖然只是八卦小報裡的一小篇報導，但確實有這回事。」

「果然……又是為了那傢伙找上門的嗎……」

聽到法蒂娜這麼說後，西里斯卻是一副若有所思的反應，這讓法蒂娜皺了一下眉頭問：「聽你的反應，似乎一點也不意外？所以，你一直避人耳目甚至躲藏到這種地方來，應該就是和亞綸那傢伙有關？」

「總之——如果是關於他的事，不管是誰，我都不能說。」

沒想到，西里斯突然態度強硬地拒絕，讓法蒂娜更為意外。

「哼，是被下了封口令？還是被王室給威脅了？你還真是膽小哪，西里斯。」

「很抱歉，無論伯爵大人妳怎麼說，我都不會回答的……」

「是嗎？那麼沒關係，我不提那傢伙的名字。我只要你給我這個答覆——」

法蒂娜隨後從口袋中拿出一張小抄，上頭寫了一排數字，宛如密碼般的存在：

「告訴我，這是什麼東西。」

「妳怎麼會有那道密碼……！」

一看到法蒂娜手中的那張小抄，西里斯立刻露出驚駭的表情。

「商業機密。不過看來真的是密碼啊……西里斯，你只需要告訴我這是什麼東西的密碼，以及那樣東西在哪、藏著什麼。」

法蒂娜一手插著腰，一邊問向臉色難看的西里斯。

「這個……我不能說……不能說……」

西里斯別過頭，閃避法蒂娜的目光，雙拳緊握，看得出他變得相當緊張……

不，更像是害怕。

「西里斯，我知道你在恐懼，儘管我不明白為何那個笨蛋王子會讓你這麼怕。

但是只要你告訴我，我以福斯特伯爵之名，絕對會保證你的安全。」

法蒂娜看得出對方的畏懼，不過就是對上一個笨蛋被虐王子，以及一個根本沒什麼實質權力的王室，作為一國的伯爵，法蒂娜還是有辦法擔保這傢伙的。

「不是的……不光是他……」

即便法蒂娜那麼說了，西里斯仍沒有減除一分恐懼，顫抖著雙唇。

「不光是他？不然還有誰？吶，西里斯快告訴我……！不對，先跟我說這密碼是用在何處！」

法蒂娜驚覺不對勁，一個箭步上前抓住西里斯的肩膀，提高音量逼問。

「伯爵大人，我真的不能說，說了我這段時間就白躲了！如果讓妳查出個什麼的話，『那個人』肯定不會放過我……求妳了！」

西里斯反過來向法蒂娜求情，眼裡滿是懼色，聲音持續顫抖。

「『那個人』又是誰？跟亞綸王子有關的人嗎？他到底做了什麼？西里斯，我跟你保證，只要你跟我交代清楚，我一定保你安全到底！」

法蒂娜越聽越覺得糊塗，卻也意識到這其中恐怕沒有自己預期的單純——從西里斯的說法來看似乎不光只是亞綸涉入其中。

「我……我真的……真的能相信妳嗎……伯爵大人……？」

聽到法蒂娜說得如此信誓旦旦，西里斯確實有一絲動搖了，眼珠子左右來回地看著對方，眼神中除了恐懼終於多了一點希望。

「相信我，西里斯，只要你全盤跟我交代清楚，我今天就能立刻安排。」

法蒂娜再次加重力道，讓雙手壓在對方的肩膀上，試著要令西里斯強烈感受到自己的肯定與誠意。

「唔……我……那麼……我先從密碼說起吧……伯爵大人，妳說話要算話啊！」

西里斯支支吾吾，又再次向法蒂娜強調。

「我答應你，我福斯特・法蒂娜向來說話算話！」

再次不厭其煩地向西里斯保證，而確實她也是有能力跟這決心，法蒂娜說完後，西里斯這才眼簾低垂，一副終於打算鬆口的模樣。

「我……我知道了……伯爵大人，關於那道密碼，其實是……」

正當西里斯要把法蒂娜心心念念期盼已久的答案說出之際——

「碰！」

霎時，本來拉上關閉的鐵捲門發出巨大聲響！

「怎、怎麼回事？」

西里斯嚇了一跳，驚慌地轉過頭看向後方的鐵捲門。

「到我身後。」

法蒂娜馬上衝上前，一把將還在狀況外的西里斯推到自己背後。

「碰碰！」

巨大的撞擊聲響再傳，法蒂娜清楚這道鐵捲門肯定撐不久，就要被撞開了！

在這短短時間內，法蒂娜不斷努力思考究竟是誰在撞門？是為了西里斯而來嗎？還是……！

「碰——」

剎那間，鐵捲門被撞倒，巨響席捲整個貨櫃屋，也嚇壞了法蒂娜身後的西里斯。

「突擊！抓住那個男人！」

刺眼的陽光射入昏暗屋內，一時間強光讓法蒂娜和西里斯雙眼有些睜不開、刺痛感襲來。這段期間，法蒂娜只能聽到有人在指揮著疑似一個小隊，以及忽然闖入許多武裝的人員！

「請束手就擒，西里斯跟他的同黨。」

再次傳來似乎作為領頭的男人警告聲，法蒂娜也終於在這時視野得以恢復正常，她稍稍瞇著雙眼一看，是一名身穿黑色背心和像是某個機關隊服的男人，嚴肅地對著她和背後的西里斯喊話。

「這、這些人是誰？啊啊，該不會是『那個人』？這麼快就被『那個人』給發現了嗎……！」

西里斯嚇得臉色發白、全身顫抖。

「『那個人』的能耐有這麼大？可以叫得動一支小隊前來抓你嗎？喂，西里斯，你先快把剛剛要跟我說的告訴我……！」

先是驚訝，再來是感覺接下來很可能大事不妙，法蒂娜趕緊催促著西里斯說出關於密碼的情報。

姑且先不去猜測這群人是誰，又是為何要來抓捕西里斯，法蒂娜只知曉，她若不在此時逼問出答案，很可能就會在這邊斷了得來不易的線索！

「不准動，若不想受傷的話請配合！」

一旁指揮部隊的男人又對法蒂娜和西里斯警告，這時一群持槍、穿著防彈背心與蒙面的小隊，已經團團包圍住他們兩人。

「可惡……」

在這種還搞不清楚現況的狀態下，法蒂娜認為最好別輕舉妄動，至少得先觀察一下。然而，西里斯仍未給她答覆，讓她相當著急。

法蒂娜只能眼睜睜地，看著這支不知從哪來的小隊人員抓住西里斯，將他硬是往貨櫃屋的門口拉去。

「西里斯……！」

眼看西里斯就要被抓走，就算是法蒂娜也會緊張地叫出對方名字，然而就在這時——她好像看到西里斯似乎不斷對自己眨眼，就好像眼睛抽搐了一樣。

法蒂娜還在心想為何如此時，西里斯已經被帶了出去，只聽聞他用哭腔大喊：

「救我！一定要救我！伯爵大人妳說好會保我安全的——」

最後，就連西里斯的聲音也不見了，小隊的人在抓到目標後，確實如同那名指揮所說，直接撤退，完全沒有對法蒂娜做出什麼。

法蒂娜咬了牙，她豈能就這樣放手，她追了出去，就見到一大批人馬在貨櫃屋外頭。這群人，包含方才闖進屋內的小隊似乎已經在陸續撤退，現場只看到幾名正在交談中的人員。

而在這群人中……

法蒂娜看到了一個讓她當場倒抽一口氣的臉孔。

很快的，被法蒂娜一直盯著的那名男子，也注意到了她的存在與視線。對方沒有避開法蒂娜的目光，而是嘴角勾起微微一笑，朝她揮了揮手，就好似見到故友一般親切。

「嗨，沒想到會在這裡見到我，對嗎？克莉絲汀老師——不，福斯特伯爵大人？」

——《惡役伯爵調教日記03》完

The Villain Earl's
Discipline Diary

後記

惡役伯爵調教日記

各位好，我是帝柳，這次是《惡役伯爵調教日記》第三集的後記。

先跟各位說一聲不好意思，這篇後記可能會偏短一些，實在是因為剛好在寫這篇後記時，帝柳正處於一個身體狀況不太舒適的狀態。（汗）

實際上，在創作《惡役伯爵調教日記》系列的期間，帝柳剛好是孕婦的狀態。（幾年前的我大概還很難想像，也很抗拒成為孕婦吧XD）

初期的時候總是整天說不上來的不舒服，雖然沒有孕吐那些，但還是因為其他症頭而沒辦法好好專心寫稿。

那個時候，幾乎整天都躺在床上像養豬一樣呢，外加各種無病呻吟。

現在到了中期快後期的階段，好不容易過上一小段比較自在開心的日子，就是偶爾會遇到中後期的魔王之一——也就是便秘。（人妻兼準人母已經沒什麼好害羞不敢說了，再說十八禁的題材都寫過了）

挺著一顆大肚子，以前總是能使出渾身解術把東西擠出來的情況，現在實在不太可行。先前因為不死心這麼嘗試過，導致整個肚子硬起來十分不舒服，到醫院急診才知道原來是宮縮……也就是子宮收縮，寶寶出生前就是會有強烈的子宮收縮，大概是這麼一回事。由於時間還沒到，差點就要吃安胎藥，更嚴重搞不好還要住院打針安胎。只能說孕婦千萬不能小看可怕的便秘……

這位魔王就像不定時的炸彈，埋伏在我體內，有時候就是會莫名其妙出場，就像在寫後記的今天一樣……啊啊，又來了，真是痛苦。實在難受，但又怕宮縮影響寶寶，整個就是內外身心煎熬啊啊啊——

抱歉，應該沒人想聽孕婦抱怨關於這種有點噁心的話題吧？

但是，一時間，帝柳還真是沒辦法好好集中精神思考該說什麼，尤其是要想關於創作的事……整個情緒和思慮就是很緊繃，但是截稿時間快到了，不得不生出一篇後記。

嗚嗚，大家不會怪罪正在受苦（？）中的我吧？若是可以，請各位幫我意念能夠足月平安順產！

最後，再次感謝各位讀者跟編輯對我的包容跟支持，謝謝你們。

若可以的話，希望在我生產前可以寫完《惡役伯爵調教日記》這套作品，這樣也比較能放心一些。在這之後帝柳可能會暫時停筆休息一陣子，要再看看何時才會提筆寫作了。

另外，祝各位新年快樂，牛年行大運、牛轉乾坤！

帝柳

高寶書版集團
gobooks.com.tw

輕世代 FW348
惡役伯爵調教日記03

作　　者　帝　柳
繪　　者　深　雪
編　　輯　林雨欣
校　　對　任芸慧
美術編輯　林鈞儀
排　　版　彭立瑋
企　　劃　李欣霓

發 行 人　朱凱蕾
出　　版　英屬維京群島商高寶國際有限公司臺灣分公司
　　　　　Global Group Holdings, Ltd.
地　　址　臺北市內湖區洲子街88號3樓
網　　址　www.gobooks.com.tw
電　　話　(02) 27992788
電　　郵　readers@gobooks.com.tw（讀者服務部）
　　　　　pr@gobooks.com.tw（公關諮詢部）
傳　　真　出版部　(02) 27990909　行銷部 (02) 27993088
郵政劃撥　50404557
戶　　名　三日月書版股份有限公司
發　　行　三日月書版股份有限公司/Printed in Taiwan
初版日期　2021年 2 月

國家圖書館出版品預行編目(CIP)資料

惡役伯爵調教日記 / 帝柳著.-- 初版. -- 臺北市
: 高寶國際, 2021.02-
　冊；　公分. --

ISBN 978-986-361-999-4(第3冊：平裝)

863.57　　110000033

三日月書版

三日月書版

GOBOOKS
& SITAK
GROUP©